耕·读·书·系

晓升的素描田园

李晓升 著

河南大学出版社
HENAN UNIVERSITY PRESS
·郑州·

图书在版编目(CIP)数据

晓升的有机田园 / 李晓升著.--郑州:河南大学出版社,2022.6
(耕读书系 / 王丽芳主编)
ISBN 978-7-5649-5000-2

Ⅰ.①晓… Ⅱ.①李… Ⅲ.①散文集-中国-当代 Ⅳ.①I267

中国版本图书馆 CIP 数据核字(2022)第 012521 号

XIAOSHENG DE YOUJI TIANYUAN
晓升的有机田园
责任编辑:王丽芳
责任校对:邓　晓
封面设计:娟　子
封面题字:李殿富

出　版	河南大学出版社			
	地址:郑州市郑东新区商务外环中华大厦2401号			
	邮编:450046			
	电话:0371－86059701(营销部)			
	网址:hupress.henu.edu.cn			
排　版	郑州市今日文教印制有限公司			
印　刷	河南瑞之光印刷股份有限公司			
版　次	2022年6月第1版		印　次	2022年6月第1次印刷
开　本	710 mm×1010 mm　1/16		印　张	11.75
字　数	145千字		定　价	68.00元

版权所有 侵权必究
(本书如有印装质量问题,请与河南大学出版社营销部联系调换。)

扎根泥土,守护自然的味道……

守护自然的味道(谢明子 绘)

老西红柿(谢明子 绘)

彩虹西瓜(谢明子 绘)

可爱的羊驼(谢明子 绘)

总序:回归自然 心向往之

尼洋河欢快地流淌着,湛蓝的天空中,白云触手可及。合上"耕读书系"第二季之《草木故乡》的书稿,虽然刚离开家几天,周边景致迷人,但心头却不禁掠过一丝惆怅,"乡愁"二字跳将出来。这个字眼,相对的是故乡。

我一直觉得,故乡就是有田园风光、乡野景致的地方,白云生处有"小桥流水人家"。"耕读书系"第二季的作者郭扬华、方进、孙君梁、李晓升,都是从乡村走出的,并且他们后来所从事的工作多与粮食、田园相关。在田园间涵养家国情怀,在耕读间娓娓道来,真羡慕他们。

今年世界读书日的时候,第一季中的《娓娓稻来:大地上的散文诗》《水乡渔歌:乌篷欸乃慢时光》在湖南和浙江掀起了小小的阅读热,《四时有记:节气中的遇见》《炊烟袅袅:一乡一世界》也在金融界屡获赞誉,订单接连不断。这是对自己策划"耕读书系"的肯定,也意味着可能重印,我特别高兴,从而更加坚定了继续将书系做下去的信心。

与第一季有所不同,"耕读书系"第二季中除了《晓升的有机田园》为读者打开有机世界的美好之窗外,其他三本书都不约而同地向着同一个主题——乡愁。而寄托乡愁的意象,均为草木、果蔬,还有静静的田园。它们以不同方式呼应着耕读书系的主旨：关乎自然，关乎草木，关乎耕作，关乎乡村。

去年夏天，我在稻草人农场品尝彩虹西瓜。那是一种清爽的甜，黄色的瓜瓤上有一道若隐若现的"彩虹"。那是我第一次近距离接近并品尝有机产品。走在农场的田埂上，耳边掠过带着青草味和池塘腥味的风，眼前是大片的玉米、蔬菜，还有成群的鸡、鸭、鹅和可爱的小黑猪……又到了彩虹西瓜上市的时候，我的眼前浮现出稻草人农场的田园风光，耳边响起朋友的那句话：我愿做一个稻草人，扎根泥土，守护自然。

当下，正是许多这样的"新农人"在有机农业领域几十年如一日地深耕，才使我国新型农业一步步发展，跟上世界有机事业3.0时代的步伐。也正是他们的守护，才让我们有机会了解到，绿色健康的食材是可以种、养出来的：选一块地，种菜种豆种果、养鸡养猪养羊驼，现代化的田园牧歌也可以成为我们生活的一部分。

北方，风吹麦浪；南方，杨梅正红。小满，端午，杏黄，粽香。一年四季，自然界被各种作物、草木装点得多姿多彩，它们踏着时令的节拍，不疾不缓，枯荣有序。与之相伴时不在意，突然远行后，有一天会想起它们。它们是童年时光的见证者，承载着浓浓的思乡情啊！

在四季轮回中经历、成长，人们发出了这样的感慨：人生如草木。如草木有何不好？如果真能以草木的姿态，不惧风雨，顽强生长，才是真正有意义的人生吧。这样的人生追求或许也是一种回归自然的方式,简单、纯粹、质朴、向上。当然,回归的路很长,需要我们慢慢地走,仔细地观察,认真地思考。

现在每个人的心里都向往着回归自然,让生活节奏慢下来。这其实是一种怀恋,是一种对传统的耕读文化的认同与共情。那么,请跟我一起打开"耕读书系"第二季:在乡愁中感知"国之大者"——《南方谷色生香》;通过草木体会别样乡愁——《草木故乡》;走进有机领域守护自然味道——《晓升的有机田园》;在乡土世界里认知乡愁的珍贵——《桃树上长出的逻辑》。

草木寄托的乡愁是感性的、浪漫的,这些从田野中走出,念念不忘耕作和乡土的人,他们知道,时代大背景下,需要用独到的视角为稻粱谋。于是,他们将自己经历的点滴记录下来,试图通过渐行渐远的农耕文化,告诉人们,泥土芬芳、质朴生活才是最重要的"乡愁"。

耕作艰辛,写作亦不易。在此特别感谢四位作者的辛苦创作,感谢书法家李殿富、张天一先生的墨宝,感谢李元德、谢明子老师的美图。一位朋友说,做书也不易,但只要喜欢做,加上自律的驱动,还是会有回报,而且回报会超出想象。有一批志同道合者,我相信"耕读书系"会持续下去,一季比一季好。

是为序。

王丽芳
二〇二二年夏于尼洋河畔

序：一位新农人的"痴语"

认识李晓升是20年前了，那时他在江苏昆山永丰余公司的有机农场工作，也就是说我是在晓升刚进入有机圈时就认识他了。这20年来，晓升从苏州到上海到杭州到郑州，在一个个农场里拼搏、学习和实践，就像一粒有机的种子、一台有机的播种机。他去到哪里我的目光就会跟到哪里，那是因为我对这位年轻踏实又执着的有机新人有着特殊的兴趣和关注，总希望他在这个人们向往却又常常望而生畏的有机农业领域能够摸爬滚打出个结果来，好为有机新农人带个头，做个榜样。这20年的事实证明我没有看错人。

在这20年中，晓升先后在好几个有机单元工作过，但始终没有离开过"有机田园"，因为这就是他的根，他的家，他的心之所至，他的生活的意义所在。

拿到《晓升的有机田园》这本书稿，打开正文，映入眼帘的文字就是"我愿做一个稻草人，扎根泥土，守护自然"，这就不由让我联想起福冈正夫（Masanobu Fukuoka）所写的"一根稻草的革命（The One Straw Revolution）"。福冈先生为探索自然农法走过了45年的路程，他说他的这本书是记录了一个为寻求回归自然而苦恼的农民的"痴语"。晓升现在的有机田园就坐落在中华大地的母亲河——黄河的边上，他对有机农业的热情，对这片土地以及生活在这片土地上的家人和乡亲们的深沉的爱，都渗透进了《晓升的有机田园》这本书中，可以说这本书也是一个苦苦寻求守护自然的农人的"痴语"吧。

这本书不是小说而是晓升的心声。小说可以虚构，可以修饰；小说讲究用词，甚至要挖空心思去找能吸引眼球的情节和词句，而晓升不需要。这本书其实就是晓升带着泥土芳香的日记，每一篇日记都是他真实生活的写照，每句话都是他真实心声的表达，好像晓升就在你的身旁与你聊着家常。

在书里，晓升对日夜陪伴着他的蔬菜、水果、鸡、鸭、猪和羊驼一个个娓娓道来，如数家珍；对应着一年中的二十四节气，晓升从选良种到找农时，再到控制病虫害，就像一个父亲在操持着一个大家庭。他称呼蔬菜水果和其他作物一律都是"她"，让人感觉这些就是他的爱人和闺女。

在这本书里，晓升在他的童年、少年与现实生活间不断来回切换，让我们时时处处都能体会到他对家乡深深的感情和对家人的眷恋。我们在书里能看到他在小羊驼诞生时的喜悦，也能看到农场在遭遇天灾时的无奈与辛酸。我们还能在书里看到晓升对陪伴他多年的"小灰"的不舍，而当看到晓升那重病的外甥在看到他带去的有机蔬果时激起的最后的兴奋时，我又不由得跟着晓升落泪……这就是生活，不管喜乐还是悲伤，我们都要积极地去迎接和勇敢地去面对。

世界的有机事业已经进入3.0时代,现代的有机农业是传统农业＋创新精神＋现代技术的新型农业,我们在有机2.0时代中深深地体会到要做好有机农业,必须克服技术和市场两个瓶颈,搭建有效的技术平台和销售平台。晓升在书中分门别类详细介绍了他的有机农作心得和经验,在这里他呈现给大家的是他在20年有机生产实践中总结出的最佳实用技术,这些都是搭建技术平台所需要的极好素材,十分值得与有机同仁们分享和交流。而在该书的后面的章节中晓升又介绍了他服务消费者的经验,特别是客户刘先生从晓升的普通消费者变成好朋友的经历,让我们看到了晓升以他的一片真心和过硬的有机农产品换来的消费者的信任和建立起来的亲人般的产销关系。

晓升能在如此繁忙的农活和如此紧凑的生活中把生产和生活中的点点滴滴记录下来,能把心里的感受和对大自然的感情真切地表达出来,实在是个有心的人,也是个有毅力的人。

整本书读下来给我的感觉是处处留心、事事用心、字字真心,而且文笔流畅,描述细腻,还十分接地气。如果没有对土地深沉的感情,没有对家乡暖暖的柔情,没有对家人和乡亲们透心的爱,是不可能写出这样的文字的。

晓升在书中始终称自己是"农人",我想给他加一个"新"字。虽然晓升已经过了不惑之年,但在我看来,他就是"新农人"。这些年来,我们欣喜地看到在有机农业领域一大批新农人的不断成长,这是一批有文化、有理想、有奉献精神的年轻人,他们有对大自然的敬畏,但也有科学进取的精神，有不畏艰辛的韧劲和坚守信念的毅力。我认为晓升就是新农人中的一个先锋和典范，他写的这本书值得新农人和即将成为新农人或希望了解新农人的朋友们认真一读。

有机人的经验和故事是很多的，有机事业也正在健康持续地发展着，真诚地希望今后能有机会读到更多的这类作品。

周泽江

2022年3月24日于南京

周泽江，中国有机事业创始人和积极推动者之一，亚洲有机农业联盟（IFOAM-Asia）顾问委员会主席

目录

辑一 守护自然的味道

  水果玉米：苦苦追寻2400天 终成头牌　003

  彩虹西瓜：能切出彩虹的西瓜,到底有多甜　006

  有机草莓：酸酸甜甜的草莓味,久违了　010

  老西红柿：一口下去,满是小时候的味道　015

  贝贝南瓜：带着板栗香 软软糯糯好看更好吃　019

  手指胡萝卜：原来还有能当水果吃的"小人参"啊　022

  芽苗菜：作物的种芽,是最有营养的蔬菜　025

  乌塌菜：像莲花一样漂亮的南方菜,在北方也能品尝　028

  阳光玫瑰：玫瑰留香,不只是说说而已　031

  摘花生：忘不掉的童年记忆　035

  救心菜：保健菜,中老年人的福星　038

  稻田混养：母亲河浇灌,稻鸭共生　041

  稻田画：行走在大地间的艺术　047

  散养柴鸡：林下鸡,会飞的鸡,走地鸡,零添加鸡　052

  散养黑猪：自由奔跑的田园小哥　056

辑二 追赶时令的节拍

  立春,疫情之下　063

2　晓升的有机田园

雨水，春雪飘飘　066

惊蛰，农场在萌动　068

春分，加紧播种　071

清明，越来越忙　073

谷雨，天气突冷　077

立夏，生日派对　079

小满，初得盈满　082

芒种，抢收抢种　085

夏至，除草最揪心　088

小暑慢生活　092

大暑，农场被淹　094

立秋，收获有机证书　098

处暑，想念笑天　102

白露，应对"伏缺"　106

秋分，迎来新生命　108

寒露，果树的错觉　111

霜降，迎接新挑战　113

立冬，准备冬藏　115

小雪，浓霜上菜叶　118

大雪，感慨万千　121

冬至，认识刘先生　124

小寒，拥抱儿子　128

大寒,一碗腊八粥　131

辑三　乐享田园时光
如何守护自然的味道　135
有机蔬果,不打农药咋防治病虫害　139
温室没有墙体,能保温吗　144
昆虫记　148
在农场看露天电影　153
植树节,种下希望树　156
脚踩泥土　手插秧苗　159
挖呀挖呀挖红薯　163
这么小的菜苗也能嫁接　166
我在城市有块田　170

后记　174

辑一

守护自然的味道

良种＋口感＋品质＝守护自然的成功样本。

水果玉米：

苦苦追寻 2400 天　终成头牌

要种出好的产品，需要在好的环境下，改良土壤，精耕细作，精心呵护，最后在最好的时间采收。而这一切需要一个前提：用心守护。

提起农场的头牌——牛奶味水果玉米，农人很自豪，为她，农人付出很多。从结识到产量、品质稳定，敢于推出，敢于走到地头随便掰下一个让人品尝，然后自豪地说："这会是您品尝过的最甜、最脆的水果玉米……"苦苦追寻2400个日日夜夜，她，坐上农场"头牌"这把交椅，拉开农人"守护自然的味道"篇章的序幕当之无愧。

初识。与爆浆水果玉米初次结识是在2013年5月。那是一年一度的上海国际有机展，农人和往年一样照例参加，看看其他企业好的产品，顺便借鉴同行的包装，寻找有机植保产品，了解国内外有机农业发展趋势，如果有机缘，就可找到一些好的产品品种。

那天，在国际品种展示柜台上，雪白爆浆，短小精悍，是她给农人的第一印象。出于好奇农人不经意地品尝了一下，甜、脆，而且相对于其他超甜玉米，更加鲜嫩，还有牛奶味。农人赶忙从旁边的厂家要来糖度仪现场测试，甜度接近20%！很惊人的概念，也是很夸张的数字。一般来说，西瓜甜度才10%。农人有点不太相信这个结果，再次进行测试。连续的试吃及结果告诉农人：这确实是一个不错的品种，是一个新的超甜水果玉米品种。直觉告诉农人,可以尝试。对于农人来说,发现一款新的好吃的品种,就如同发现了宝藏,遂毫不犹豫购了一些种子并留下联系方式,至于技术上的问题,都可以想办法解决。

攻克产量及种植模式。回到基地(浙江义远)后,农人马上安排在基地进行试验种植。2013年6月份进行第一批种子播种,结果产量不高,发现其存在两个特点:第一,植株矮小,平均植株株高80厘米左右;第二,早熟品种,定植移栽后60天左右就可采收,且由于太甜,虫害严重(有机种植)。产量不高,跟单穗小有关系。另外,不耐高温。所以决定在早春种植,夏季避开高温,或采取人工辅助授粉的方式再次试种。

2014年春季,农人回到老家河南。农人的老家祖祖辈辈种植玉米,这里的土壤、气候等自然条件更适合种植玉米,于是,农人把水果玉米带回了老家,带回了自己新的有机田园。在农场,农人继续研究爆浆玉米种植,夏季辅助人工授粉,产量果然稳定了,基本确保一株一穗,良品率85%以上,即亩产2800穗新鲜水果玉米;并逐步稳定为早春4月到6月初育苗,播种15天一批,6月至7月底更换品种(耐高温),8月份播种两批(第二批移栽至大棚)的栽培模式,这样可以从6月20日持续采收到11月初,尝鲜期明显延长。

杜绝虫害。产量是基本稳定下来了,虫害却一直不好解决。有机生产,果品上面有一两只虫很正常,有人还说"有虫才是真有机,才是真健康",理是这个理,但多数城里人尤其是小朋友看到肉乎乎的小虫,第一眼往往还是害怕的。遇到这种情况多了,农人的心紧了,也知道自己要做的是提升防护,减少甚至杜绝虫害。说干就干,那一段时日,农人尝试过人工捕捉,用过黑光灯、黄板、杀虫灯、性诱剂诱杀,释放赤眼蜂天敌等多种办法,然而,还是没能赶尽杀绝,水果玉米身上或多或少还存在一些小虫。农人开始进行分级,即虫眼少于3个的直接出货,并且在包装上说明,也不受影响;虫眼大于3个小于6个的价格上稍微区分出货,基本也能解决。事情往往是在一瞬间解决的,但总是留给有准备的人或是说经过长期思考的人,农人就是这样。一次偶然的机会,农人看到园区正在生长的葡萄上面套着的一个个规整的袋子,对——套袋。是的,或许对于风媒授粉有影响,但在套袋前人工进行辅助授粉,再在每一穗未成熟的鲜嫩玉米上套上防虫袋,虫害问题就不是问题了。

在产量稳定、虫害杜绝及茬口排期等都日益成熟后,农人的水果玉米也成了炎炎夏日里一道独特的风景线。齐整的水果玉米一排排竖立,随风摇摆,煞是壮观。空气中飘荡着玉米的清香,清甜可口且营养丰富的爆浆牛奶水果玉米,每一粒都贮满阳光。她们不仅能生吃,早上来不及准备早餐,直接啃着就可上班去,而且可煮熟当杂粮保健,可做菜、炖汤,榨汁做成饮料更清爽可口。在农场,农人安排将新鲜的玉米须清洗干净,放在后厨,做成玉米须茶,从5月一直到10月,给进入农场的消费者以及劳作的一线员工喝,消暑解渴,中医还说降三高、利水消肿呢。

想要好的口感,品种是关键,寻找良种是农人的一个习惯。10年过去,不同地区不同季节不同地块,不断尝试不断寻找不变追求,良种、口感、品质,最终化为一句话——守护自然的味道。爆浆水果玉米便是农人守护自然的成功样本。

农人感言:良种+口感+品质=守护自然的成功样本。

彩虹西瓜：

能切出彩虹的西瓜，到底有多甜

身体总是率先察觉，站出来要求一些东西，比如：新年想吃饺子、端午想吃粽子、中秋想吃月饼、生日想吃蛋糕……只有这样，肠胃感觉舒服，身体才接受新的季节。

细细想来，确实是这么回事儿，正如此刻，初夏刚刚来临，农人便已经有些迫不及待，尤其是每日正午的时候，头顶着烈日，脚踩着发烫的大地，心却早已飞到园区东边的棚室地里——那满棚的西瓜刚刚成熟啦！

是的，农人心里的西瓜园便是早春温室种植的第一茬西瓜——彩虹西瓜，它正在采收、上市。藏着"彩虹"的西瓜是什么样的？这是大多来到农场的客人心中的疑问。对于见惯了绿皮红瓤西瓜的大众来说，彩虹西瓜确实是新鲜的。面对大家充满疑惑的眼神，农人总是自信满满地采下一个，边洗边说：先切为是，先尝为主。农人话落刀起，没想到只轻轻一碰，瓜就"啪"的一声裂开，霎时清甜的香气四溢。难怪，彩虹瓜瓜皮太薄了，薄到几乎只有一层纸那般。嗅着扑鼻而来的清香，心情也跟着欢快起来，你会发现，不同于常见的红色肉瓤，彩虹西瓜带来的是满眼鲜明透亮的橙黄色。仔细再看，她的中间还夹杂着淡淡的红色和橙色，向四周渐渐淡化成乳黄色，"彩虹"之名再恰当不过。吃了这个瓜,感觉整个夏天都五彩斑斓起来。

这么美妙、好吃又好看的彩虹西瓜,农人们是如何呵护、种植的呢?她的里面是不是藏着什么秘密呢?走,进瓜棚,听农人慢慢道来。

防虫防病,拒绝农药。

走进瓜棚,到处充满了瓜香和泥土香,没有刺鼻的农药味。在这个虫子多发季节,农人们是如何进行病虫害防治的?

细心的人可能会发现,在瓜棚里每隔一段距离,就会放置部分黄色粘板或者蓝板,上面多多少少粘满了害虫,有白粉虱、蚜虫等,这是利用昆虫的趋光性进行物理防治的一种办法,从根本上提升了西瓜的食品安全系数。另外,棚门、棚边、棚顶上安装的防虫网,在保证通风降温的同时起到了隔离作用,也能隔离一部分害虫。在有机生产中,最主要的工作是清洁田园,通过控制栽培温度、空气湿度降低病虫害发生比例,减少病虫害发生。例如,栽培中全程铺设滴灌管、铺地膜、合理通风等,降低棚内空气湿度,从而降低病虫害发生概率,有机农业栽培,农业措施是基本的措施。彩虹西瓜移栽后,在棚里生长期间,生病多在后期,而此时多为西瓜膨大期,因此农人们一般多加强通风,去除老叶病叶,甚至拔除病株,以减少传染,坚决不用化学农药,保证产品的安全健康。也因此,在采收的时候,有的彩虹瓜上会出现因蚜虫感染而产生的比较油腻的感觉。

一藤一瓜,自然成熟。

为了保证西瓜的口感,农人们坚持吊蔓管理,使每个瓜从小便开始充分受光,均匀吸收养分;同时采取双蔓整枝,一蔓一瓜,即每根瓜藤上仅保留一个品相最佳的瓜,这样生长出来的西瓜因为养分充足,也会变得更加鲜美。

彩虹西瓜皮特别薄,不能通过敲打来判断,所以每一个瓜都有自己的"生日"——授粉日期。通常在早晨8～10点花粉最好的时间进行授粉,授粉后对每一个进行标注。结合不同时期的温度进行采摘,4月中旬授粉后35天左右第一批瓜采收,中旬后随着温度升高,第二批授粉后28天即可进行采收。另外,为了保持彩虹西瓜最好的口感,在西瓜基本坐瓜定形后,结合有机肥补充进行一次滴灌大水供给,此后基本进入控水阶段,以充分保证西瓜的含糖率。

现摘现发,新鲜直达。

为了确保新鲜,农人们的彩虹西瓜都是现摘现发。也因此,安排茬口的时候,在上一年冬季就开始播种。比如这季5月采收的西瓜,年初(1月)就开始播种了,春节前后移栽到温室,4月初开始授粉,5月中旬采收。为了持续采收,基本是20天播种一批,温室、冷棚、再冷棚、温室,依次循环种植(为了更好保持口感,露地一般不建议种植,尤其是高温季节,多伴随雨水,露地无法控制雨水与病害,口感更是不能保证)。种植从2月一直持续到10月,尝鲜则从5月开始,一直持续到11月……在采摘时会留下一定长度的果蒂,这是为了保护蒂部的果肉,降低水分的流失速度,保证食者能品尝到极其香甜的味道。而来到农场的消费者更加幸运,都是现场采摘,通常情况是开放采摘大棚,由工作人员带领,客户自己挑选,选中的可以亲自体验采摘,也可以现场清洗直接开吃。当前一刻还在瓜蔓上生长的新鲜的西瓜,下一刻甜甜地到了口中的时候,这才是最大的惊喜,也是体验的最大乐趣。

除了皮薄、漂亮,彩虹西瓜还有一个最重要的特点——特别甜。经专业检测,其中心糖度基本是13左右。但农人还是建议亲自品尝,真正的味道只有吃了才知道。还有瓜中心那一道绚丽的七彩虹,一定要慢慢切。记着,一定要从中间横切,红橙、乳黄相间的花纹要慢慢看,整个夏天的味道全都在那里。

好吃的秘密在于用心爱!因为热爱这片土地,爱自己,爱生活,所以农人更愿意把时间花在每一个细节上,去寻找最真的味道。

农人感言:好吃的秘密在于用心爱,愿意把时间花在每一个细节上。

有机草莓：

酸酸甜甜的草莓味，久违了

草莓呈心形，颗颗似鲜红的爱心，印第安人称其为心果。据说，咬开一颗草莓，就真的像吃下一颗红通通的心，勇气豪情顿时油然而生，未来的时光里就能勇敢面对一切，担当一切。

"哎呀！晓升，你们的草莓太好吃了，这个是怎么种的，你一定要说说看，好技术不要保留。"有机专家、百欧欢创始人田月皎女士，同时也是农人的老领导，一边采摘一边说。能得到老领导的称赞，农人是开心的。事实上，不仅是田总觉得好吃，很多客户自从12月份吃了草莓后，都说吃到了真正的草莓，不像市场上的许多草莓，看起来个儿大但好像少了草莓味儿。

是的，要让草莓保持酸酸甜甜的草莓味儿，守护其真正的自然味道，农人也是经历了一番挣扎的。

2008年农人计划种植有机草莓，后农人与师傅到素有中国草莓之乡之称的建德购买草莓苗。与当地人聊天时，得知了那里的人种植草莓的过程，看到了草莓生长中用的农药，单是育苗就要用30多种化学农药（因为育苗期一般是3月份到8月份，南方正值高温多雨季节，会导致病虫害严重发生），后期为保证成活、提早上市、提高产量等，要再用近20种农药，总之，得知我们吃到的草莓有近50种农药时，农人当时就放弃了,改为自行繁育脱毒苗。农人从此再也不吃市场上的草莓了,无论市场上的草莓多么好看,无论市场上的草莓个头多大,无论市场上的商贩怎么说无公害有机。农人庆幸,至少在属于自己的田园里,在合适的季节里,能按照有机方式种出最纯正的草莓。农人只相信,自然的,便是最好的。

草莓种植尤其是有机种植最难的育苗期,正值高温多湿季节,病虫害多发。要加强防治,目前采取试管脱毒育苗、基质苗床育苗,这些能很大程度上减少病虫害发生。尤其是炭疽病,应采取遮阴办法降温,采取措施防雨,减少病虫害发生,严重病株要及时拔除并撒干土。另外,要及时清理黄叶、病叶和发病株,培育健壮草莓苗。健壮苗的标准是4片叶以上,根茎粗10mm以上,无病虫害,根系发达。

而真正实现草莓酸酸甜甜的原汁原味,关键在以下几个方面:

1. 整地移栽

按标准做上畦宽40cm,下畦宽60cm,沟宽40cm整地;在9月上旬起苗移栽,每畦栽两行,成三角形栽培,行距20cm左右,株距18—20cm,亩栽7000株左右。栽植时同一行将草莓苗根的弓背部朝向畦沟,切记心叶不能埋住。移栽后及时浇定植水,浇水要透,但不能积水。为了预防高温,提高成活率,移栽后要在棚顶盖遮阳网。苗成活后只要土壤不干燥就不必浇水,保持"见干见湿"促使根部向下生长。此阶段还要注意查看苗成活情况,及时补苗。新根长出,新叶有3片后,可选择下午或阴天去除遮阳网。

2. 肥水管理

有机大棚草莓在施肥方面,除了要施足基肥外,还应适时适量进行追肥。有机栽培的追肥产品选择性小,要选择经过有机评估的速效性肥。可每亩施六合牌生物菌肥10kg,具体为:菌肥按照1:30的倍数加水浸泡稀释过滤后灌根。第一次追肥,定植后20天左右,地膜覆盖前;第二次追肥,当顶果达到拇指大小时(约11月上旬),注意不要在顶花开花时追肥;第三次追肥,一般在次年1月中下旬后,后期结合长势可追一次肥。

3. 植株管理

中耕松土:利于根系生长及有机物分解。移栽后至盖膜前应浅中耕两次,并结合除草,盖膜前结合培土,将沟内浇水流下的土培到草莓根部。

剥老叶,去匍匐茎,疏花疏果:为了减少养分消耗,要及时摘除枯叶、老叶及腋芽和匍匐茎,保持6片到8片叶。同时在草莓开花结果后,需要及时疏花疏果,每批花序保留四五个好的果实。

蜜蜂授粉:草莓开花后需要放置蜜蜂,直至翌年3月,一般日光温室放两箱,冷棚(GP832)一箱,进行授粉降低畸形果。蜜蜂放置后,花粉少或低温时,需要人工饲养。

加盖塑膜:12月后,应在棚内加盖两层或三层塑料薄膜,并注意将棚门、卷帘角密闭保温,草莓花不能低于0℃,否则会受冻害。加盖两层膜后,应注意通风,以降低棚内空气湿度,在晴天中午,则选择将两层膜揭开,增加光照,增强通风,降低病虫害发生。

4. 病虫害防治

草莓上的常见病虫害有:灰霉病、白粉病、炭疽病、红蜘蛛、蚜虫等。有机栽培上要采取综合防治的办法,以"农业防治为主,辅以物理生物制剂防治",实际有机栽培中,必须做好全覆盖并结合膜下滴灌降低空气湿度,加强通风透光,降低病虫害发生。由于冬季干燥,蚜虫、红蜘蛛等虫害易发,则需要注意适时灌溉,保持植株湿度。对此,可以运用物理方法及天敌防治。主要有悬挂黄板,制作糖醋液等防治蚜虫,可在棚内套种小麦或萝卜,作为蚜虫的寄主,降低对草莓的损坏。生物制剂可选择枯草芽孢杆菌、木霉菌、苦参碱、除虫菊素等有机栽培中允许使用的生物制剂,提前进行预防。采收期,采收前15天,停止使用一切生物制剂。

5. 合理采收

大棚草莓果实以鲜食为主,必须在90%以上果面呈红色时采收。采收过早,口感不好;如果全熟采收,不好包装运输。采摘时,宜单手托着果蒂,双手指轻轻一夹,不要损伤花萼。早春过后温度回升,采收期可适当提前。采摘应在上午8～10时或下午4～6时进行。采摘时要轻拿、轻摘、轻放,同时要分级盛放、包装。

在此农人还要多说一句,好的口感除了要精心管理外,最根本的还是精选好的品种,好品种决定了一切,不要盲目追求高产量。目前口感好的多是红颜、圣诞红、隋株、白雪公主等。栽培过程中,可以结合实际,将不同品种错开种植。比如,红颜好吃,但是抗病性较差;圣诞红早熟,桃熏适合采摘,但不耐储运等。一定要结合不同品种的特点,使各个品种充分发挥不同价值。

"水果皇后"——草莓,含有丰富的维生素C、维生素A、维生素E、维生素PP、维生素B1、维生素B2、胡萝卜素、鞣酸、天冬氨酸、铜、草莓胺、果胶、纤维素、叶酸、铁、钙、鞣花酸与花青素等营养物质。尤其是维生素 C，其含量比苹果、葡萄高出 7—10 倍。而所含的苹果酸、柠檬酸、维生素 B1、维生素 B2，以及胡萝卜素、钙、磷、铁的含量也比苹果、梨、葡萄高 3 到 4 倍。草莓呈心形，颗颗似鲜红的爱心，印第安人称其为心果。据说，咬开一颗草莓，勇气豪情顿时油然而生，未来的时光里就能勇敢面对一切，担当一切。有机的草莓，好吃的草莓，酸酸甜甜的草莓，农场的草莓，农人的最爱，农人的骄傲。

农人感言：自然的，便是最好的。

老西红柿：
一口下去，满是小时候的味道

为什么"瓜无瓜味，菜无菜味，番茄看起来更红了，但是却再也没有小时候一口下去满口酸酸、沙沙的番茄味了，硬得咬不动"？

围着栅栏的小菜园或路边的玉米地里，种着几排不规则的西红柿，稀疏地长在那里，有的搭着人字架，有的没空儿管就任其野蛮生长。玉米地里的西红柿顺着玉米攀爬，放学的时候或顺路的时候，看到熟的或半熟的，顺手摘一个，在手上或衣服上擦擦，满嘴的番茄味，也不管是不是自己地里的，先吃了再说。这是农人儿时生活的场景，更是挥之不去的儿时的味道。

近些年，好多人抱怨，为什么"瓜无瓜味，菜无菜味，番茄看起来更红了，但是却再也没有小时候一口下去满口酸酸、沙沙的番茄味了，硬得咬不动"？农人其实早就注意到了。造成这种现象，原因很多：首先，是品种的原因，很多品种在研发之初考虑高产量而忽视了口感，造成了口感下降。其次，采收过早，目前我们任何时节在任何地方几乎都能看到四季产品，品类丰富了，有好多产品是外地种植的，而考虑运输，多在七成熟甚至五六成熟的时候就采收了，口感自然不好。再次，是种植方式问题，也就是市面上的常规种植与有机种植区别，我们都知道蔬果生长与人类一样需要多种元素，但是常规种植基本是N、P、K复合肥，常年如此会造成土壤板结，其他元素缺乏，味道缺乏；有机种植施有机肥，肥效低，且注重土壤改良，与休耕结合，培养土壤活性，种植的蔬果含多种矿物元素等；还有栽培管理中水肥不当等诸多问题，都会导致没有味道。

守护自然的味道，农人是这么做的：

从最根本做起。农人选择了远离工业污染的黄河岸边的500亩地做为生产地。这里原是经过有机认证的一块绝好的有机生产基地，上家经营企业因种种原因放弃有机种植，地块闲置了一年左右，其中三面靠近黄河大堤，一面临近村庄又有大棚作为隔离，土壤经4年有机改良已呈现团粒结构，具备生产好产品的基本条件。农人接手后一边种植，一边改良，即在种植过程中增施发酵成熟的有机肥、饼肥、羊粪、牛粪等培肥土壤，通过采取轮作、间作，并种植大豆、紫花苜蓿等豆科作物及秸秆还田等措施增加土壤有机质，冬季利用深耕冻垡等措施增强土壤活性。对部分地块种植田菁，以改良盐碱地，取得了明显效果。考虑到番茄种植的优先性，选择地块肥沃、地势高的大棚种植。

在选择品种上，无论是大西红柿、中西红柿，还是小西红柿（樱桃番茄），均选择以口感为第一要素，选择柔软、果汁多、果皮薄的沙瓤性品种。于是国际上的普罗旺斯、粉太郎西红柿，豫艺酸甜果，各种颜色的如黄妃、千禧、绿宝石、浙樱粉等小番茄，都在棚里播种、移栽。农人也知道，部分品种，相对于大众番茄来说，易生病，产量不高，对于有机种植更是一种挑战，但为了唇齿间最纯正的味道，一切都是值得的。

有机种植要想获得好的收成，必须培育壮苗。壮苗的基础有两个：一是播种期管理，并适时栽培，达到壮苗标准；二是田间培育壮苗。

播种期壮苗管理：番茄适宜生长的月平均温度为20~25℃，种子发芽温度为 28~30℃,所以在冬季育苗的时候,增温成了头等大事,于是铺设地温线、搭建小拱棚、夜里加盖棉被都是基本的操作,只为保证在最寒冷的时候确保最低温度不低于 18℃。在番茄幼苗长到 2 片真叶时,为更好促进根系生长,增加光照面积,通常用 10cm 的营养钵进行分苗,且多选择在晴天的上午进行,这样多的细节均为了打下更好的壮苗基础。分苗后一周左右需要保温,如同呵护婴儿一般,待缓苗成功降温,白天控制在 20~25℃,夜间 12~15℃,移栽前 10 天,将番茄苗移到棚外低温炼苗。而在秋季,育苗降温是头等大事,所以棚膜换成防虫网,或加雾化加湿系统等,都是农人们经常采取的手段。总之,所有这一切都是为了培育壮苗,是最根本的要求,而番茄的壮苗要求是叶片 8~10 片,苗高 15cm 左右,初现花蕾。

田间培育壮苗:田间壮苗才能为栽培前期打下基础,而为田间提供壮苗的根本是要有足够的基肥。农人一般每亩施腐熟有机羊粪 4 吨。羊是反刍动物,但很少饮水,所以粪便干而细,排粪量也很少,羊粪是介于马粪与牛粪之间的一种热性肥料。羊粪所含的养分比较丰富,既有容易分解可被作物吸收利用的有效养分,又有不易分解的迟效养分,是肥效快慢相结合的好肥料;羊粪中有机质的含量为 24%~27%,所以施用羊粪能有效增加土壤有机质含量,培肥土壤。另外再加自制腐熟饼肥 400 斤左右,均匀撒施,旋耕,做畦。

移栽后,用滴灌,前期蹲苗以促进苗壮;大西红柿一般留四层果,最多留五层果打顶,每层果保留 4 个,去除侧枝,底部老叶去除,尽可能多通风透光;中西红柿基本同样管理;樱桃番茄每穗花保留 10~12 颗穗果,尾部剪除,同样去除老叶,减少营养消耗。很多管理人员在疏花疏果上舍不得,不忍心,其实,去掉不良的、畸形的、小的、后期无法销售的,以减少营养消耗,是对作物有限营养的一种保护,有舍才有得,如同做人,你舍得多少,便得到多少。在结果中期,加大水分管理,并进行营养补充,通常喷施液体蚯蚓肥。

西红柿通常在移栽后 2 个月左右开始陆续转色,这个时候农人们一般会挑选,进行采摘品尝,也会结合测试仪检测指标。农人相信老话"种瓜得瓜,种豆得豆",做农业更是要讲究诚信,来不得半点马虎。从选沙沙的品种开始,培育壮苗,精细整枝,疏花疏果,保持通风透光,自然转色,自然成熟,用心守护,最终收获的也将是自然的番茄味道。

在满足批量采收后,为了让最新鲜的产品上市,农人们一般会在清晨进行采收、挑选、包装,送到市集或会员家里,让他们品尝最新鲜的田间西红柿。对于来到农场的每一位采摘的客人,农人都会说:"放心好了,这里的西红柿是最好吃的,是真正小时候的味道,采摘的时候,请您挑转色最全的采,不一定要挑最大的,小的也很好哦……"

农人感言:小时候的味道,要从土壤培育做起。

贝贝南瓜：
带着板栗香 软软糯糯好看更好吃

红米饭哟南瓜汤/浮了躁了你就尝一尝/最真最纯最善良/就像一轮大太阳/红米饭哟南瓜汤/苦了累了你就尝一尝/最香最甜最营养

井冈山革命斗争时期，由于国民党反动派的封锁，红军官兵粮食供应困难，井冈山上的南瓜又大又多也便宜，稍放点盐，放在清水里煮，顿时香喷喷的，战士们兴奋地说："打倒资本家，天天吃南瓜！"正是凭借这种由"红米饭、南瓜汤"创造的井冈山精神，中国革命才以星星之火可以燎原的气势，从胜利走向胜利。《红米饭南瓜汤》这首歌也告诉我们，南瓜确实香，而且也非常有营养，养育了红军官兵。

南瓜，原产于南美洲，已有9000年的栽培史，哥伦布将其带回欧洲，后来被葡萄牙引种到日本、印尼、菲律宾等地，明代开始进入中国。李时珍在《本草纲目》中说："南瓜种出南番，转入闽浙，今燕京诸处亦有之矣。三月下种，宜沙沃地，四月生苗，引蔓甚繁，一蔓可延十余丈……其子如冬瓜子，其肉厚色黄，不可生食，惟去皮瓤瀹，味如山药，同猪肉煮食更良，亦可蜜煎。"品种非常多，有传统的大南瓜、蜜本老南瓜、砍瓜、印度南瓜、台湾东升南瓜、赤栗南瓜、板栗南瓜、美国黑籽南瓜、桔瓜、观赏南瓜等，而今天农人要讲的是南瓜中集口感与美貌与一身的宝贝，即贝贝南瓜。

如同名字一样，贝贝南瓜是南瓜中的宝贝，也是果菜中的极品。贝贝南瓜由日本杂交培育，国内引进，刚一问世就在业界引起轰动。其个头小，单果重400g左右，口感软糯，有板栗味，营养丰富，甜度高，蒸煮时香味满屋。

贝贝南瓜属于南瓜类，继承了其他南瓜的大部分特点：产量大，营养丰富，愈老愈佳，宜蒸煮，味甘腻粉糯，且极香。性温，具有重要的食疗医疗价值。富含对人体有益的成分，如多糖、氨基酸、活性蛋白、类胡萝卜素及多种微量元素等。全株各部皆可入药，具有补中益气、消炎解毒的功能。其种子有清热除湿、驱虫的功效，对血吸虫有控制和杀灭的作用；瓜藤有平肝和胃、通经络、利血脉之功；瓜蒂有安胎的功效；瓜叶有治疗刀伤的作用。

贝贝南瓜春天、秋天播种，一般在2月、8月中下旬，待其长到两叶一心以后移栽在大棚内。不同于多数南瓜的是，贝贝南瓜采用吊蔓方式立体种植，这样便于后期管理，移栽后20天左右开花。因其是单性花，雌雄同株，需要人工辅助授粉，也就是人工将雄花柱头上的花粉涂到雌花的柱头上去；而花粉通常早晨质量最好，所以多在8~10点进行，花粉芳香怡人。

有机栽培中，农人们为了果形及产量，通常进行双蔓整枝，即每株南瓜连同主枝一起保留其他一个侧枝，其余侧枝全部清理，减少营养消耗。每一个枝蔓上视情况留3~5个贝贝南瓜，及时进行打顶处理，并去除老叶，增加通风透光性。

贝贝南瓜与所有葫芦科南瓜属一样，特别容易感染白粉病，因此预防白粉病是比较关键的。有机生产主要有三点：一是做好通风透光，就是及时做好整枝管理，对于病叶、老叶迅速清理干净，移除棚外；二是进行预防，悬挂黄板,防治蚜虫、白粉虱等害虫传播;三是控制湿度,进行膜下灌溉,加强通风等,降低棚内湿度及空气湿度。通过以上措施降低白粉病发生概率,及时摘除病叶,并通过轮换喷施有机产品允许使用的生物制剂,如蛇床子素、石硫合剂、大黄素甲醚等进行防治。

贝贝南瓜在授粉坐果后40天左右开始采收,也可以继续生长,就像老话说的,愈老愈佳。对待每一类作物,农人都有不同的判定方法,如西瓜可以去敲,西红柿直接看颜色,等。贝贝南瓜更复杂一些,农人们通过以下几个组合来看:首先,南瓜果皮的颜色由绿色向浓绿色转变,且果皮表面变得坚硬;其次,果柄木质化,由绿色变为白色;再次,果皮光泽减少,纹路加深。当以上迹象都出现,并且坐果在40天以上时,就表明南瓜成熟了,该采了。而刚刚采下的贝贝南瓜往往口感还不是最好的,需要再放一放。在通风的地方放置一周,风干一下,将水分蒸发一些,口味更好。

作为受欢迎的品种,贝贝南瓜最主要的特点是耐储运,所以深受男女老少及美食店青睐,无论家庭简单加工食用,还是餐厅做高档美食都可。

农人感言:南瓜不但香,而且营养丰富。其中集口感与美貌于一身的宝贝,叫"贝贝南瓜"。

手指胡萝卜：
原来还有能当水果吃的"小人参"啊

手指胡萝卜，也叫迷你胡萝卜、水果胡萝卜，较一般胡萝卜口感清淡，是一种质脆味美、营养丰富的蔬菜水果。它带给农人太多温暖的瞬间。

多数人对于城市的留恋往往是因为美食，或者因为亲人。对于农人来说则有些例外了，农人不曾留恋美食，而工作的地方大都没有亲人，所以，如果说我工作的第四站德清的义远有机农场最让人留恋的，第一个出现在脑海的当然是它，对，就是手指胡萝卜，一个让农人意外、惊喜的品种，它带给农人太多温暖的瞬间。

这是一个真实的采摘案例，发生在义远有机农场。这是一个位于浙江莫干山脚下占地约 2000 亩的有机农场，四面环山，有竹林，有茶园，有水库，有稻田，有林地露营，有占地 80 亩的养殖区，养了 80 头牛。这些皆是农人喜欢的，相信也是热爱生活的你追求美好生活所需要的。在有机农场，农人挥洒着汗水，播种着美好，包括关于手指胡萝卜的甜蜜瞬间。那是 2012 年秋冬之交的一个周末，客户到农场体验采摘。其中一个小朋友拔了小胡萝卜，孩子妈妈觉得太小，不想要，农人说，这是新品种，很好吃，可以尝尝。小朋友非常开心，认为是自己的劳动成果，一定要，并且要马上洗了吃。就这样，全家人勉强答应现场清洗、称重。清洗的时候，有一根不小心掉到地上，"嘭"的一声就断了，声音特别脆。

孩子妈妈重新清洗了给小朋友吃,自己也尝了一口,"哎哟喂,这个小萝卜,真不错哇,你们也尝尝……"小朋友一口气吃了3根!很快,一家四口采摘的1.5kg手指胡萝卜被他们品尝完了,临走时又买了2.5kg。

手指胡萝卜,也叫迷你胡萝卜、水果胡萝卜,是胡萝卜的一款新品种,长约10cm,肉质细致,口味甜脆,膳食纤维少,较一般胡萝卜口味淡,羊膻味少,是一种质脆味美、营养丰富的蔬菜水果。它有着"小人参"之称,含有糖原、人体脂肪、挥发油、胡萝卜素、维生素D、维生素B_{21}、维生素B_{22}、原花青素、钙、铁等营养元素;具备降血压、清脑、有利排尿、抗感染等作用。

因为小巧,只有手指(食指)长短,且脆嫩清甜,因此宜生食,为了保持良好的口感及外观,在种植方面农人也采取了诸多措施,以达到最佳品质。

品种选择:品种选择很关键,由于此胡萝卜直径在1cm左右,长度在10cm左右,所以选择品种的时候一定要注意查看品种说明,要关注品种的纯度,即种子发芽率、纯度、净度这些基本的要求。真正的水果(迷你)胡萝卜品种才会有脆嫩口感,建议选择进口种子,农人一般用比久种子公司的专用手指胡萝卜品种。

地块选择:手指胡萝卜从栽培管理学上来说属于根茎类,因此地块土壤选择一定要优先考虑地势高,可避免水淹,土壤为沙壤土的,利于地下根茎形成;如果是黏性土,则易分叉,形状不好看,又因水肥问题会引起颜色暗红,口感不好。

整地播种:手指胡萝卜要求精耕细作,无论棚内还是露地,均要求起高畦,一般可以根据实际做成1~1.5m宽的畦,进行条播,行距25cm,出苗后间苗2~3次,最终保留在间距6cm左右。胡萝卜喜欢冷凉的生长环境，手指胡萝卜也一样，只是其自播种到采收时间更短一些，基本在70天左右。自2012年以来，为了延长供应时间，农人们运用了露地6月底播种8月初收，冷棚、温室（12月至次年3月），冷棚（2月至4月），露地（3月底至5月底），也就是从8月收到次年5月底，余6月、7月两个空档期。

采收：手指胡萝卜采收要求直径不能超过1cm，且不能抽薹，一般留3cm缨，也可以根据需要连同胡萝卜缨一起采收（胡萝卜缨可以做蒸菜）；其生长期冬季一般要3个月，春秋季2个月左右。手指胡萝卜因个头小，产量比较低，亩产一般在600kg左右。

手指胡萝卜口感好，营养高，是蔬菜中能生吃的"小人参"，虽然产量低，但是非常受体验采摘者的欢迎。无论进行现场采摘，还是包装成小盒售卖，小朋友、大人们都非常喜欢，并且在餐厅里，作为水果冷盘摆上直接食用，更是好吃。手指胡萝卜宜生食，易加工，如今一些高端超市已经出现了加工过的手指胡萝卜零食食品。

农人感言：好食材一定有好前景。

芽苗菜：

作物的种芽，是最有营养的蔬菜

凡是利用作物的种子或是其他营养贮存器官，在黑暗或弱光的条件下直接生长出可供食用的芽、芽苗、芽球、幼梢或幼茎，均可称为芽苗类蔬菜。芽苗菜属于高营养鲜嫩蔬菜，最好鲜食。

与芽苗菜结缘是在2002年夏天，农人刚进入农业的第一个年头。那个时候的农人根本算不上农人：很多常见的蔬果都还不认识，更不要说常见的病虫害了；日常的水肥管理也是一知半解；在农校学习的蔬菜栽培、农业气象等理论知识，真正到实际中好多是跟不上时代的。唯一值得肯定的是农人喜欢农业，不懂就去看、去问、去学，芽苗菜就是农人在一窍不通、毫无准备的情况下慢慢学习起来的。

时间回到那年8月份的一天下午，农人照例在地里查看刚刚移栽的西兰花。基本活棵的苗子上，新叶（心叶）有发出的迹象，但也有虫害现象，因为部分叶片明显有菜青虫咬食的痕迹，还有其留下的部分粪便。张师傅找到农人，说主管找，问什么事，师傅卖个关子："去了不就知道了。"农人的第一任主管是台湾人，姓林，和蔼可亲。走进林主管办公室，他给农人几个平底托盘，附带着几袋大小不等的豌豆、苜蓿、萝卜，说："小李啊，这几样种子，你拿去在托盘里进行试验种植，下面可以垫衬一下，上面也可以放基质或土，总之要发芽整齐，出芽后保持鲜嫩。

但无论哪个品种,芽苗不能出真叶,豌豆苗不能超过20cm,明白吗?""嗯,我试试看。"虽然不知道为什么,但知道了怎么做,于是就去尝试,这也是农人初次接触芽苗菜。

种子催芽、浸种是比较简单的事情。农人在平底托盘底部平铺一层2cm左右的育苗土,然后将浸好的种子均匀撒在上面,上面再盖一些育苗土遮光,之后静待发芽。其间要做好水分管理,以保持鲜嫩。等待发芽的日子里,农人还思考了一些问题:还有更好的办法吗?底部垫什么会更好?边思考边查,芽苗菜的概念被农人查出来了——芽苗菜,是各种谷类、豆类、树类的种子培育出的,可以食用的"芽类",也称活体芽苗菜。凡是利用作物的种子或是其他营养贮存器官,在黑暗或弱光的条件下直接生长出可供食用的芽、芽苗、芽球、幼梢或幼茎,均可称为芽苗类蔬菜。芽苗菜因含有丰富的维生素C、核黄素、膳食纤维等,在欧美非常流行,且被认为能抗疲劳、抗衰老、抗癌症、减肥,非常受欢迎。

3天后,农人看到有芽尖露出。第4天,芽苗整整齐齐地冒出来,为了保持鲜嫩,尤其在了解芽苗菜特性后,农人特意搬到暗房里,只露一点光线。第8日,萝卜苗、苜蓿苗基本高度为8cm左右,子叶平展、鲜嫩;豌豆苗10cm左右,还可以再长。农人高兴地将他们交给主管看。主管看后说:"不错,做的还行。不过,不同品种光线要有区分。"农人点头称是,后来就在网上学,到新华书店买来相关书籍,专门研究芽苗菜的栽培,其中张德纯教授编写的《芽苗菜及栽培技术》一书让农人受益匪浅。农人始终相信,只要努力、用心,事情就一定能做好。天道酬勤,2003年,农场的芽苗菜发展到8个品种,2004年扩展到14个品种,涉及常见的豌豆苗、葵花苗、萝卜缨、西兰花苗、空心菜苗、赤豆苗、绿豆芽、黄豆芽、黑豆苗、花生芽、荞麦苗、香椿苗、小麦草、松柳苗等,技术上逐步发展到全部用水,无垫层。由于种子是农场自留的,基本能做到有机种植。2005年基于发展的需要,农人又自行设计了自动化喷水装置,比人工喷壶效率提高了3~4倍。2005年,农人第一次以芽苗菜为题材写的稿件在《长江蔬菜》刊登。

  芽苗菜栽培品种比较多,所有品种的栽培需要的适宜温度基本在15~25℃;需要较高的湿度,一般要求空气湿度保持在80%;需要通风良好,且干净卫生的环境。芽苗菜栽培主要物质是作物的种子,种子质量必须保证,所以在挑选种子的时候,要求种子纯度95%以上,净度98%以上,发芽率85%以上,而且种子在播种前最好晾晒一下(新鲜购买的除外),香椿种子必须低温储存。另,因每一个品种所含的营养各不相同,建议结合品种进行食用,芽苗菜属于高营养鲜嫩蔬菜,最好做成鲜食色拉,以保证营养成分不流失。

  芽苗菜栽培相对简单,只利用作物的种子,在黑暗或弱光环境下,用洁净的自来水就可以生产,生长周期短,基本为8~15天,不受天气影响,是高营养、安全的新型蔬菜。在农场,在超市,甚至在火锅店,这种新型活体芽苗菜正作为一种时尚蔬菜出现。作为淡季的补充,作为新产品展示,它将慢慢走向大众。

  农人感言:作为一种高营养的安全蔬菜,新型活体芽苗菜正慢慢走上大众餐桌。

乌塌菜：
像莲花一样漂亮的南方菜，在北方也能品尝

《晏子使楚》中说："橘生淮南则为橘，生于淮北则为枳。"意为：橘树生长在淮河以南就是橘树，生长在淮河以北就是枳树，比喻同一物种因环境条件不同而发生变异。

在种植乌塌菜之前，农人突然想起了《晏子使楚》中的一句话："橘生淮南则为橘，生于淮北则为枳。"是的，乌塌菜是长江流域的蔬菜，之前在北方或者中原地区几乎没有见到过，这种习惯了温暖潮湿的南方的蔬菜是否能适应寒冷干燥的北方环境气候，还需要印证。

农人2014年从南方回到老家河南，第一个冬季是在一片萧瑟中度过的，这里远没有江浙的绿色。整个农场因为秋收的原因，放眼望去基本都是黄土，加上临近黄河，北风席卷着浓浓黄土吹得人脸皮生疼。整个农场500亩地块，除了种植15亩大蒜，5亩洋葱，30亩小麦，30亩油菜，再有大棚里部分蔬果外，就是空地，感官不好，菜品也少。提升感官效果，增加品种也就成了农人的一个心病，而外形漂亮又好吃且供应时间长的乌塌菜无疑是最好的选择。

于是结合实际，在增加有限成本的情况下，决定小面积试验种植。大的方向基本确定了，农人开始了更加细致的筛选，比如更加耐寒，又适宜北方的播种时期的品种等。农业的精耕细作涉及每一个环节，而每一个环节的每一个关键点又关系到最终的结果。

因为乌塌菜对于冬季吃惯了萝卜、白菜的中原人来说还是有些陌生,所以这里先简单科普一下。乌塌菜又名塌菜、塌棵菜、塌地松、黑菜等,是十字花科芸薹属类作物,分布在上海、南京等长江流域,性喜冷凉,为冬季蔬菜,霜后味道更好。乌塌菜的叶片肥嫩,可炒食、做汤、凉拌,色美味鲜,营养丰富,每100g鲜叶中维生素C含量高达70mg,钙180mg,还包含铁、磷、镁等矿物质,被称为"维他命菜"。

下面试验种植开始——

品种与地块选择:因为区域不同,农人选择了相对比较耐寒的南京塌菜品种,基本能耐-8~10℃的温度,一般露地就可以越冬栽培;在地块选择上,农人挑选了农场最背风向阳的地块,也就是相对地势较低的地块,冬季干燥,不会有雨,以免遭受寒风直接侵袭。

种植时间:在长江流域一般是8月底到9月中旬播种育苗,考虑到地域差异,农人稍稍提前了10天时间,即在8月中下旬开始播种育苗。因为是试验种植,农人比较小心地选择穴盘播种。用72孔穴盘播种,每孔1粒种子,播后覆土浇水;5天后出苗,基本在25天左右达到移栽条件,即全部4叶1心,后又炼苗一周。

移栽定植:移栽前一周进行精细整地,每亩撒施有机肥2吨,开平畦,便于后期浇水。9月中下旬进行移栽,移栽株距25cm,行距30cm。移栽后浇缓苗水。因为是第一年种植,又在冷棚里移栽了一棚作为对比。待苗成活之后,即在10月中旬进行一次中耕松土,促进根系生长,然后按照一般的十字花科作物管理方式,进行日常水肥管理。一天天观察,一天天盼望,过程虽有些枯燥漫长,但充满喜悦与希望。

农人深深知道,种下什么收获什么。终于在 10 月底,农场迎来了深秋的又一次皑皑白霜,满地布满雪白后再去田间,农人被震撼到了:像朵朵莲花一样覆盖地表的塌菜,叶面上又披上了一层薄薄的白霜,中心露出一丁点绿绿的新叶,彰显着旺盛的生命力;目测直径 10cm 左右,达到采收的标准了! 一般耐寒叶菜霜打之后更加甜美,塌菜想必也不例外。再看作为对比的冷棚塌菜,其生长比田间生长要快,因其温度尤其白天温度高,基本在 10 月 20 日左右塌菜的直径就达 10cm 以上,但因温度高没有向下塌地,叶片也不够暗绿。这就是棚内与露地的区别吧,并且棚内的塌菜因生长期短显得更加鲜嫩一些。农人在想,如果时间长的话,因其温度高,可能会抽薹。

就这样,从 2015 年的 10 月底开始,农人陆续采收乌塌菜,并不断向当地人介绍这种新型菜的特点和做法。习惯了萝卜、白菜的北方人很快爱上了这种清爽、甘甜的青菜,从此餐桌上又多了一道可口的有机青菜。塌菜的收获季一直持续到次年的 2 月份。

农人南菜北种的尝试种植基本成功了,但这对于好多没有见过塌菜品种的中原人来说是很稀奇的,农人们在售卖的时候便不停地介绍,然后慢慢地扩大种植。时间来到 2016 年,农人又将在南方种植的黄心菜、台湾的桃园二号叶用甘薯引进,中原南菜北种品种越来越多,农场的经营结构也有了新的拓展。

是的,好产品,大家一起分享,才是真正的守护。

农人感言:农业的精耕细作涉及每一个环节,每一个环节的每一个关键点关系到最终的结果。

阳光玫瑰：

玫瑰留香，不只是说说而已

当童谣响起的时候，农人放下手中的农活儿抬头看，远方来了一群可爱的小朋友。他们指着阳光玫瑰问，蜗牛上来干什么？对啊，蜗牛上来干什么呢？

葡萄，相信我们都不陌生。印象中的葡萄基本是紫黑的颜色，透着亮光，酸酸甜甜的，非常好吃。前几年由日本引进了巨峰、夏黑葡萄，因其果形较大、口感甜、果肉软、含糖量高、香味浓，火遍大江南北，再次证明了，好品种一定是受欢迎的根本。而最新的阳光玫瑰葡萄则更不只是说说而已了。

阳光玫瑰葡萄是日本以安芸津21号为母本，白南为父本杂交选育出的欧美种葡萄。由于它集丰产稳产、抗病、大粒、耐贮运、口感佳等优点于一体，被称为"能给葡萄产业带来福音的划时代品种"，在全国各地人气都很高。其果穗呈圆锥形，单穗重700g左右，最大1.5kg；果粒着生中等紧密，单粒重8～10g，短椭圆形。阳光玫瑰不同于巨峰、夏黑品种，其成熟后为黄绿色，果粉少，果皮与果肉不易分离，清洗后可直接连果皮一起食用。果肉硬脆，香甜可口，无涩味，兼有玫瑰香和奶香复合型香味，可溶性固形物含量17%以上，可滴定酸含量0.4%，食用品质极佳。

同所有作物一样,发现了这么好的品种,农人是迫不及待地想第一时间种植,第一时间与热爱自然、热爱生活的家人分享。于是,在农场规划好的第一时间,农人就安排了靠近路边、排灌方便的地块,并寻找专业搭建大棚的施工队伍进行测量、施工,搭建了防护避雨棚。这种在南方常见的避雨设施,北方很少见,之所以坚持投入,有几个方面考虑:一是有机种植,避雨栽培,可有效降低病害发生,提高品质;二是能够规范栽桩整枝标准,提高视觉效果;三是便于管理、操作,即使是雨天也可以操作。农人觉得既然做就一定要做最好的,且要从最基础的投入开始。种植选择在第一年,也就是2019年的秋季,农人联系当地果树研究所购买种苗,这样一是可以保证种苗的质量,另外在栽培的过程中又多了一道技术指导保障。栽培密度按照行距4m、株距3m的距离进行,挖深沟;每沟内施足有机肥0.2t,发酵腐熟菜籽饼0.05t,以促进根系生长,保证冬春季肥力需求。因为是第一年种植,苗子比较小,在冬季的时候,农人没有采取过多的管理,只是将新梢进行绑缚,固定到支柱上,以免被风吹倒;在年底的时候安排了一次轻微的修剪,也就是把部分新发的枝条截短;为防止冻伤,在寒冷季节到来之前,农人们在其根部涂上了石灰水,以防病保暖。

刚栽的第一年,农人们以定果形为主,主要措施是绑蔓、留芽(修枝)。

绑蔓:主梢长到50cm时,农人开始逐步进行绑蔓,在离苗15cm处,插一木棍,将主梢暂时固定在木棍上,后期直接固定于中间铁丝上。

留芽:主要是根据萌发芽的优劣进行选择,留健壮芽、着生位置好的芽,去除无用的芽、副芽和瘪芽、位置不好的芽。一般在萌芽后

10~15天分次进行。同时结合新梢生长情况,对枝条进行修剪,农人们选择每棵果苗保留3个左右的枝条,余下的予以剪除。

后期多以除草为主,农人知道,生长需要时间,好的产品更是需要时间慢慢生长。在夏季的时候,有少量的挂果现象,可是农人没有去管理,树苗虽然看起来已经1米多了,并且爬到了铁丝上,似乎不小了,但事实上苗龄还小,急不得。秋季到来的时候,农人再次对每一棵树根松土,并挖开,再次施足有机肥,浇水。同样的,在12月份的时候,农人对每一棵已经长高的阳光玫瑰进行了仔细的修剪,期待它来年更好地生长。

在即将留花留果的季节,对于阳光玫瑰的管理除了基本的抹芽、整枝外,农人又增加了摘心、疏花、套袋、水分管理等,一切为了更好的品质。

摘心:农人选择在6片以上叶花序时开始摘心,摘心口的叶片一般为正常叶片1/3大小,以改善架面的透光条件,减小营养损耗。果穗以下的副梢全部抹去,果穗以上部分留2~3片叶,反复摘心,或副梢发出后,留1片叶进行"单叶绝后"摘心。

疏花:农人结合长势对枝条花序有选择地进行疏花,对长势较旺的结果枝条留2个花序,中庸枝条留1个花序,细弱枝条不留花序,延长枝也不留花序。为保证阳光玫瑰的果实品质和果穗整齐度,增加果实商品性,在套袋前,要对所留果穗进行一次全面的疏粒工作,去除病虫果粒、畸形果粒、无核果粒和着生紧密的内膛果粒。疏果后要使果穗上果粒分布均匀、松紧适度,果穗大小基本一致。

套袋:果实套袋是目前葡萄常见的一种保护措施,可以减少鸟类危害和病虫害,减少环境污染,延迟采收,提高果实的商品性。一般在开花后30～40天为宜。农人们套袋多在晴天进行,并且是上午8～10时或下午4时以后,避免高温期间果粒被灼伤。

避雨栽培最大的好处还有一个,就是在多雨的夏季,正是葡萄转色成熟的季节,可以自由地控制灌水。七八月份是多雨的季节,农人7月就开始进行人为控水,以利于葡萄糖分积累,这样甜度会更高。也正因为有了前面的种种呵护,比如施有机肥、人工除草、疏花、疏果、抹芽、套袋、控水等一系列管理措施,农人的阳光玫瑰在8月上市的时候,比市场上的阳光玫瑰要清香、清甜得多,那种独有的玫瑰香味引来了更多的爱自然、爱生活的人。

> 阿门阿前一棵葡萄树,
> 阿嫩阿嫩绿地刚发芽。
> 蜗牛背着那重重的壳呀,
> 一步一步地往上爬。
> 阿树阿上两只黄鹂鸟,
> 阿嘻阿嘻哈哈在笑它:
> 葡萄成熟还早得很哪,
> 现在上来干什么……

当童谣响起的时候,农人放下手中的农活儿,抬头看,远方来了一群可爱的小朋友。他们指着葡萄问农人:"蜗牛上来干什么?"对啊,蜗牛上来干什么呢?

农人感言:生长需要时间,好的产品更是需要时间慢慢生长。

摘花生：
忘不掉的童年记忆

童年是一杯咖啡，让人回味无穷；童年是一本书，每一页都记录着儿时的喜怒哀乐；童年更是一幅画，画里有五彩的生活：一只昆虫，一次发现，一场微不足道的争执，一个月夜摘花生的、其乐融融的节日……

记忆总是伴着印象深刻的场景，比如摘花生，还带着农人对节日的美好记忆……农人之所以这样称呼自己，一方面是因为自己确实是农民，是从农村走出来的。农人无法忘却小时候割麦、拔草、上山砍柴的辛苦，更记得那时对自己说，长大后一定要学习农业科技，提升农业科技的决心。另一方面，自己毕业后坚持理想，一直从事喜欢的农业工作，并且是一线有机农业，是的的确确的生态新农人。虽然所走的道路十分曲折，庆幸的是因为热爱，因为相信有机让生活更美好，自己坚持了下来。

那是农人小学五年级的一个周末，恰好赶上中秋，和现在一样加上周末，放了三天假。那个时候的山村，交通不发达，没有公交，甚至还没有通电，村里唯一的小学因为下大雨山体滑坡被冲毁了，各个年级只能借租住户的房子，分散教学。父亲为了让农人安心上学，一狠心，让农人与几个大一些的同学一起到镇上读小学五年级，所以我平时一周只能回家一次。刚满10岁，虽然不懂什么叫思念，可每天看到别的同学放学拿着书包回家还是很羡慕的,每周末坐着自行车或骑车回到家里感觉特别亲切。放下书包,农人看到爸妈都在地里忙着挖花生,哥哥姐姐也在帮忙,妈妈说了一句"回来了",农人便很知足,赶紧加入队伍。我们把花生堆成堆,方便稍晚的时候爸妈往家里运;哥哥姐姐说些学校的事情或一些听说的开心的趣事,时间也就慢慢地过去了。

中秋节的晚上,即使是在农村也少不了节目。那个时候通常没有月饼,妈妈会在面饼里面夹一些菜,炕得焦黄,然后炒一些花生或煮一些花生,山上还有一些野生或嫁接的板栗,摘回来炒一些。就是这些原生态的食物,这些农人最想念的中秋食物,总是在某个月亮圆圆的夜晚勾起浓浓乡愁。在妈妈做这些好吃的食物的时候,爸爸也没有闲着,他把白天挖的花生摊开,对家人们说,咱们摘花生吧。就这样,一轮圆月下,爸爸带着家人围成一圈,中间放两个篮子,我们开始摘花生。花生种在沙土地上,泥土摔打几下就掉了,花生摘下放在篮子里,花生秧放在一边,等白天晒干后还要轧碎喂猪(那个时候农村都有喂年猪的习惯)。对于摘花生农人是喜欢的,因为可以一边摘一边吃。刚开始犯困的时候,妈妈端着亲手做的手工圆饼和炒板栗出来了,圆饼沁心的清香和板栗的山野香味顿时让人身心一震,农人和哥哥姐姐们跳跃着、争抢着……待平静下来,继续摘花生,可心情一下子不一样了,我们叽叽喳喳地说着、笑着,充满力量,充满欢乐,然后妈妈又端来了煮花生、炒花生。妈妈也加入了摘花生大军。妈妈到身边后,农人立刻感觉又多了一份力量。是的,一直到现在,农人还有这样的感觉,无论在什么时候,只要妈妈在身边,似乎总感觉有一股温暖的力量鼓舞着自己。

花生吃饱了,可花生没有摘完。妈妈让农人先去睡觉,农人说不困,妈妈说:"晓升,早点睡吧,才从学校回来,又累了一天。"妈妈把农人搂在怀里。在妈妈怀里,农人慢慢看到大大的月亮逐渐暗淡,农人渐渐双眼迷离,进入香甜的梦乡,梦里有花生,有月亮,有家人……

农人感言:母爱让一切更温暖。

救心菜：

保健菜，中老年人的福星

远看像花生，近看像三七；多年生，耐寒，属药食同源类蔬菜，具有很高的营养价值。它是什么菜？

在农场中央的私家菜园区域，最靠边的一个角落，无论冬夏，都可以看到有一畦叶子边缘呈齿轮状的、厚实的绿叶菜，总是旺盛的、碧绿的。此绿叶菜茎比较粗壮，叶互生，边缘具钝齿，远看像花生，近看像三七，它是什么菜好多人会问，也有人会"扫一扫"，答案也就出来了，在科技发达的今天，非常方便。扫码显示多为"费菜"，农人称之为救心菜、养心菜。这种菜多年生，耐寒，属于药食同源类蔬菜，具有很高的营养价值。

救心菜是中国农业科学院利用传统稀有野菜费菜与景天三七杂交而成的保健蔬菜。根据国家医药管理局编的《中华本草》《现代中药临床手册》《中草药大辞典》等资料记载，救心菜含有多种药用成分，如：景天甘、谷甾酸齐墩果酸、丙酮、黄酮、多种氨基酸及维生素，其性平味甘，具有活血化瘀、养心平肝、安神补血、清热解毒之功效，是民间常用广谱中草药，原植物也是抗肿瘤中草药之一。

经专家临床验证，食用救心菜数月可抑制和治疗高血压心脏病（冠心病、心律失常、阵发性心动过速、风湿性心脏病等），有宁心平肝、安神补血、清热解毒、止血化瘀的作用,能防治癔病、动脉硬化、中风偏瘫、失眠多梦、心悸发慌、高血脂、糖尿病、血小板减少性紫癜、牙龈出血、月经量多、跌打损伤、肝炎、消化道出血等十多种心脑血管疾病,故名救心菜。救心菜形态优美,口感清爽,药食俱佳,可配肉、蛋、食用菌、海米等炒、炖,可煲汤、包馅、涮火锅,也可素炒、凉拌、蘸酱、腌渍小菜,风味独特,百吃不厌。

在栽培上,救心菜通常用扦插繁殖的方式。首先在天气合适的时候,精细整地,将田间整平;其次,在市场上引进成品救心菜,剪枝,每段枝条长约 8~15cm,去除叶片减少水分消耗,再斜插入土 3~5cm;再次,夏季注意遮阳,浇一次水要浇透,后期要注意保持湿润,一般 7~10 天,能生根发芽成活;最后,扦插密度要根据其生长特性及多次采收规律,建议株行距以 20cm×25cm 为宜,保持适当通风,后期可逐步扩大规模,也可根据需要采取盆栽繁殖。

田间管理要点:救心菜耐寒耐热,属于多年生保健蔬菜,适应性比较广,抗逆生强,且对病虫害抵抗力强,但其生长期长,生长期间需多次采收,管理上需要注意。

定期补充有机肥:在春季、秋季适当补充有机肥,以每亩 2t 为基准,满足其对基本肥力的需求。

定期去除老叶:及时将下部老叶打掉并清理,尤其是冬季。春季的时候进行中耕松土促进根系生长。

适当保温:冬季寒冷的时候,适当采取措施保温,避免产生冻害。可搭建小拱棚,覆盖薄膜进行保温,以防止叶片受冻。

救心菜主要食用嫩茎叶,无异味。采下洗净可直接凉拌或素炒,或配肉、蛋、食用菌炒,火锅、炖菜、清蒸、烧汤也可,久煮不烂。

救心菜的叶片稍经揉搓晒干即成茶叶,泡出的茶水色、香、味俱佳,饮用后可高效抑制失眠、心悸、烦闷,可降血压,还可解除酒醉头痛,故又称救心茶。加糖饮用口味更佳,如能开发研制救心菜食品、饮料、啤酒、中药饮片,其经济和社会效益会更高。

救心菜是一种新型保健蔬菜,更是中老年人的"福星",相信随着药食同源养生潮流的兴起,随着中医药越来越被人们所熟知,救心菜会越来越火。

农人感言:随着药食同源养生潮流的兴起,救心菜会越来越火。

稻田混养：
母亲河浇灌，稻鸭共生

  门前大桥下/游过一群鸭/快来快来数一数/二四六七八/咕嘎咕嘎/真呀真多呀/数不清到底多少鸭/数不清到底多少鸭/赶鸭老爷爷/胡子白花花/唱呀唱着家乡戏/还会说笑话/小孩小孩/快快上学校/别考个鸭蛋抱回家/别考个鸭蛋抱回家

  进入7月份以后，天气是一天比一天热了起来，一年中最辛苦的季节到来了！这个季节，最适合喜热作物生长，比如瓜果类，黄瓜一天一个样，往往上午采收了，下午还要再看一遍；比如玉米、水稻，长势喜人，当然还有愁人的杂草，更是前一遍还没有拔完，后一遍又长起来了，对于从事有机生产的农人们来说是很头痛的，于是运用各种除草的办法，机械割除，薄膜覆盖，或者进行稻田养鸭、养蟹，利用鸭子（除草）特性消除一部分杂草。农人每每走过稻田边，都会情不自禁想起儿时的歌谣《数鸭子》，只是鸭子在稻田中探头探脑，不是休闲地游来游去罢了。

  农场在规划之初，正赶上推动黄河高质量发展，保护、传承、弘扬黄河文化，而当地前20年有种植水稻的种植文化，加上部分地块靠近大堤比较低洼，就确定了近40亩的稻田混养区域，并且计划用黄河水浇灌。黄河水本身携带泥沙且有甜味，能改良土壤，有利于作物生长，且压碱后产出的稻谷营养更高口味更好，因此农人们定下了用母亲河浇灌种植，选用好品种，采用稻田混养的方式来传承延续稻作文化。

选种。5月初进行播种，农人通过新乡农科院帮助确定选用最纯的黄金晴品种，并且在南京农科院选用南粳5055品种进行播种。黄金晴大米，原本是河南原阳的特色大米，也是黄河文化的传承，这种米以晶莹剔透、颗粒饱满、松软而具有弹性赢得了很多国内外客户的好评。原阳县本来就是优质大米的传统产地，早在东汉时期，原阳米就是宫廷专用米，人们形容这种米的品质为"晶莹剔透、软筋香甜"。原阳县紧邻黄河，土壤为黄河故道盐碱地，自新中国成立后国家引黄灌溉，这里的土地得到黄河水富含的养分滋润，土质得以彻底改善，形成了独特的原阳地质。这里种植的水稻既可以得到上层土壤的丰富营养，又可以吸收下层的盐碱补充人体所必须的各种矿物质，同时土壤中的碱分是原阳大米松软可口的主要原因，也是原阳大米的特色。另外的南粳5055是农人在南方种了几年筛选的优质大米，非常适合平原地区，2013年在首届江苏好品种评选活动——粳稻优质米品尝评比中荣获金奖，2014年被农业部办公厅评为超级稻品种之一，用其做成的米饭晶莹剔透，口感柔软滑润，富有弹性，冷而不硬，食味品质极佳。

播种平田。农民有句谚语"一亩苗十亩田"，说的是一亩苗可以种十亩的田地。由于是小批量种植，选择自行整地播种，不像南方一般多进行苗盘机械化播种，省工省种省力且便于后期机械插秧。播种前，农人们要先进行平地，底部铺撒基质土结合有机肥，上面均匀播撒种子，然后再盖一层薄土，精细管理；在秧苗长到10cm以上快要起苗前，对地块进行旋耕平整，但是水稻的平田又不同于普通的作物，要求放入浅水，将土地抄平，也就是基本在一个水平面上，通常要求平好的地块像一面镜子,让稻田达到水平如镜,这样才能放水均匀。真正的一碗水端平,需要农人有一颗平静从容的心,所以平田必须一丝不苟,来不得半点马虎。突然想到古人那句古歌:凿井而饮,耕田而食。古人的生活其实真的很"奢侈",因为他们完全在享受时间中度过一天,做活儿一点不急、不忙、一板、一眼、老老实实、认认真真做好每一件事,然后静静等待大自然的回应。平田如此,农事如此,合格的农人也应如此。

插秧。由于当地多改种小麦了,所以插秧不像南方可以机插,快捷省钱省力。农人是真正的人工插秧,好的是附近的村民虽然20多年没有种稻了,但多数插秧的技艺还没丢。为了便于鸭子活动及后期水稻生长的通风透光,减少病害发生,农人将水稻行距加大为30cm,并且拉线插秧,这样每行看起来整齐划一。插秧的日子,天气预报是连阴雨天气,适合秧苗成活,农人们披着雨衣双脚踩在松软的泥土里,蒙蒙细雨虽小,时间久了不知是雨水还是汗水顺着脸颊滴落到田里,听着十几双手快速把秧苗插入泥土的"唰唰"声,看着时不时飞来几只白鹭低空盘旋,不仅感叹:真是壮观又可爱的风景啊!

稻田养鸭。稻田养鸭是一种立体混养模式,在稻田里按照比例放养鸭子,利用鸭子食草特性帮助稻田消除一部分杂草。鸭子还有食虫的习惯,可以帮助稻田有效消灭70%以上的害虫。另外,鸭子在稻田的粪便能够肥田;鸭子来回活动,可以不断踩踏表面泥土,让土壤变得更加通透,促进水稻根系生长。从经济价值上说,稻田养鸭不但没有降低水稻的产量,如果一亩地按15只鸭子算的话,又多了养鸭子的收入。当然,稻田鸭要准备一些材料。

鸭苗及饲料。稻田鸭因从放入稻田开始就要长期在水中生活,鸭苗选择一般建议选择役鸭、麻鸭或耐水强的鸭子品种，役鸭是目前农人所知最好的稻田鸭品种，一亩地按12～15只鸭苗密度准备。前期因鸭苗小需要精心呵护，鸭苗刚出生时消化系统尚未完全发育正常，农人们一般在其15日龄前给予喂食精饲料，并且要注意保温，但也要时常通风。饲养环境的卫生清洁要做好，避免过热、挤压、环境不好引起鸭苗疾病、死亡等。待鸭苗稍大一些超过15日龄，就正常喂食玉米粉，按一般的鸭苗散养管理，为投放稻田做准备。

围网。为了防止鸭苗在稻田或其他田块间随意走动及其他有害动物破坏，需要搭建围网。可根据田块大小，一般3～5亩为区间圈在一起，边上间隔1.5m打上木桩或竹棍，周围拉尼龙网，围网高80cm左右，围网拉紧底部固定，防止蛇或黄鼠狼等钻进去。

鸭舍。可在田边选一地势高燥的地方修建简易鸭舍，注意一定要牢固，四周可用直径20cm左右的木杆做材料进行固定。鸭舍地面应高出农田40cm以上，防止底部进水；鸭舍坐北朝南，宽2m左右，高1.8m左右（具体可根据实际变化），常根据养鸭数量而定，一般鸭舍顶部搭盖石棉瓦防雨，讲究艺术性的话也可以在石棉瓦棚顶部铺上稻草，这样整体古朴、简易。一定要注意鸭舍的通风和保温、排水。

放鸭及管理。准备工作做好后，鸭苗在20日龄左右基本放入稻田，鸭舍的主要作用是定时喂养玉米饲料，养成习惯；在下雨的时候，鸭子可以进入鸭舍避雨；平时鸭子在稻田里觅食、捉虫、吃草、游戏，偶尔"嘎嘎"大叫，也会蹲在田边沉思……稻子一天一天长高，鸭子一天一天长大，在稻穗扬花抽穗，逐渐变黄时，鸭子也会少量啄食边上的稻穗，这个时候就要考虑将鸭子赶出稻田了。通常在10月中下旬，也就是稻田放水搁田之前,农人先要准备足够大的水塘及鸭舍,以让鸭子有地方栖息,然后再分批将鸭子放到水塘(最好是傍晚),并拆掉围网鸭舍。稻田鸭的使命结束,鸭子继续生长。180天后鸭子开始产蛋,鸭蛋营养丰富。稻田鸭到年关的时候被大厨做成酱鸭,又成了农场的一大特产。

有机水稻的管理。由于做了稻田养鸭促进了肥水及草害管理,农人对水稻生产管理简单了一些,日常主要是进行水位管理。然而稻田鸭还是无法彻底根除杂草及病虫害,所以在生长期,农人安排八九月份各增加一次人工拔草,并在9月追一次有机肥料,以促进水稻抽穗。卷起裤管,再次下田,踩在泥土里,稻苗时时贴着脸,痒得难受,炽热的阳光照着大地,照着稻穗,照着后背,照着发热的、发痒的、流汗的脸。除草是农人们夏日最多、最难的农事,让农人们欣慰的是,稻田的草拔了后顺着脚又踩进去,数日后会自然腐烂变成肥料,这也是有机农业的一种自然循环方式。

水稻之于北方,之于吃惯了馒头看惯了小麦的大多数河南人来说其实也是一种风景,这是农人在种植后慢慢发现的,因为每每九十月份稻穗转色期,总有一批批热爱生活、热爱自然、热爱摄影的市民来到田里拍摄。在这里,稻鸭、稻草、稻人、稻天,都成了最和谐、最美丽、最自然的风景。

> 当秋风掠过田野
> 蝉声收了,日光短了
> 孩子们的成长故事
> 更暖了
> 那些成长的秘密

正如这随风波动的稻浪

一边跌跌撞撞

一边欣欣茁壮

收割及传承。秋天是收获的季节,更是收获的颜色,当稻穗变黄,稻田慢慢晾干的时候,稻谷也该收割了,地块小,农人们继续把农耕文明发扬,用镰刀挥舞,用小型机器收割。收割的稻草晾晒后,结合农场特色,扎成稻草人,农人们知道,平时农民在田地里扎稻草人是用来吓吓麻雀等鸟的,以守护庄稼;同理,农人们就像稻草人一样,用心守护着自然,守护着自然的味道,传承着古老的文明。

农人感言:在这里,稻鸭、稻草、稻人、稻天,都成了最和谐、最美丽、最自然的风景。

稻田画：
行走在大地间的艺术

将枯燥的种植与艺术相结合，大地瞬间就会迸发出新的活力。

稻田画，又叫艺术稻田，也就是在水稻田里作画，是源于日本的一种艺术形式。闭上双眼，想象一下在绵延几公里的绿色稻田里，有规律或自然地点缀着形状不同、颜色不同、趣味不同、主题不同的画面，该是多令人兴奋的事情啊！是的，这就是稻田画，即按照事先设计好的图画，通过在稻田中种植不同品种、不同颜色的水稻，形成各种稻田画面。

自 1993 年以来，日本青森县田舍馆村每年都会举办一次"稻田艺术节"，每年的 7 月到 10 月为最佳观赏期。稻田画带动了旅游业，田舍馆村最多的时候吸引了大约 20 万名观光客。

稻田画在世界各地都有出现，我国在 2011 年以后陆续引进种植。在枯燥的种植与生产中添加一些色彩和画面，大地瞬间被注入了新的活力。稻田画种植既给农人带来了新的挑战，也给消费者带来了新鲜的体验。从食用上讲，稻米品种增加了三四种，营养上也有新的提升。

稻田画作为一种新技术，也是农人在不断摸索中积累，最终形成较为成熟的理论与实践经验的，总体来说分为三个阶段：前期准备阶段，主要包含地块选择、稻田画总体设计、稻种选择等；实施阶段，主要包含水稻育苗及秧苗管理、图案测绘放样、图案插秧栽培等；后期管理阶段，主要包括观赏期确定和水肥管理及采收。

前期准备阶段。一般需要2个月左右,且需要在育苗前完成。

地块选择。艺术稻田作为一种休闲观光农业,兼具商业广告性质,因此,其地块选择主要考虑比较显眼的区域,便于访客、游客观赏的地段。须选择平坦的、单个地块面积大、没有太多田埂沟渠的地块,尤其应注意地块之间的相连性,否则影响实际效果。

总体设计。艺术稻田作为观光农业的一种,在设计思路上需要结合有机种植主体的目标群体,充分考虑当下流行元素,同时也需要与当地或国内一些热点事件相结合。比如种植主体的目标群体是亲子游,就需要考虑小孩喜欢看的,如熊大、小黄人、超级飞侠等动画主题;比如想传播公司文化,则可直接以文字+公司形象为主;也可以传播近时期乡村振兴主题或农耕文化特色主题,避免低俗文化。

稻种选择。在表现形式上,艺术稻田需要将不同颜色、品种的水稻进行合理搭配,目前主要有紫色、黑色、黄色水稻,与绿色叶子搭配,最终呈现稻田画整体效果。稻种选择数量上,需要与图案结合,确定每个品种的数量,同时为达到更好的效果,通常在插秧的时候比常规插秧密度大一倍,因此每亩需要稻种15斤左右。

实施阶段。这个阶段非常关键,通常需要与当地普通育苗、插秧时间相结合,同时要求每个环节环环相扣,才能保证稻田画如期完成并呈现良好效果。从育苗到稻田画插秧,一般需要30天左右,时间长则秧苗超龄,影响效果。

育苗及秧苗管理。育苗同常规水稻育苗,目前主要以穴盘基质育苗为主,也可以进行自行平整地块,撒播。同样需要先浸种、催芽。播种的时候,须将不同颜色品种区分开,以免混种。

图案测绘放样。为了使图案的实际种植效果与设计效果保持一致,提高精确度,需要放大设计图案,并通过专业测绘公司进行放样。通常的做法是,由设计方将设计图按田间比例进行放大,然后根据每个图的需求精度,标注需要放样的点,再由专业测绘公司根据地标图确定坐标点,插注样点。此环节一般要求一周时间完成。

插秧栽培。此环节直接决定图案效果。为了保持图案效果与田间普通秧苗生长的一致性,艺术彩色水稻最好在普通秧苗插秧后10～15天栽培,这个过程需要专业技术指导。通常情况下,根据田间放样结果,先将不需要的普通秧苗拔掉,然后结合效果图及放样图,决定用什么颜色秧苗搭配,每株选取6～8棵秧苗,株行距一般为15cm×15cm。之后,还需要结合整体效果进行修饰,以确保后期效果。

后期管理阶段。

观赏期。艺术稻田秧苗栽培后基本上可以显现出设计的效果,但仍需要一段时间的缓苗及生长,才能进入最佳观赏期。通常情况下,栽培一个月后至抽穗前,为最佳观赏期,或持续两个月时间。这段时间可进行航拍,进行宣传推广。为了有更好的观赏视角,建议选取地势高、角度好的地块搭建观光平台。

水肥管理及采收。艺术稻田作为观光农业的体现形式,建议全程采用有机或自然生态方式种植管理。整体管理基本同普通水稻管理,主要是适时进行水位管理。值得一提的是,病虫草害管理需按照有机生态种植允许范围进行综合防治,但也有区别。彩稻收割的时候注意做好区分,每种颜色的稻谷单独收割、晾晒、存放。

(1) 病虫草害管理。对于病虫害,采用有机方式提前预防,可少量使用生物制剂;栽培后一个月左右,建议进行一次人工除草,促进水稻生长,提高观赏效果;稻田养鸭可以防治虫害及草害,但不宜在艺术稻田推广,因为稻田鸭需要相对宽的株行距。

(2) 收割。艺术稻田在稻穗饱满转色后,观赏效果逐步变差。收割前按照一般水稻管理方法,前 20 天左右需要放水搁田。收割的时候,多采取先收外围的普通水稻,其后将不同颜色、不同品种进行收割。面积大可采取机械收割,面积小则多采用人工收割。收割后须及时晾晒,入库存放。可选取籽粒饱满、颜色纯正的水稻进行单独存放、留种。

最后,讲讲彩稻的营养。

(1) 彩色水稻不仅含有丰富的蛋白质、赖氨酸、脂肪、碳水化合物、膳食纤维,还含有一般水稻品种中缺乏的花色苷、VE、胡萝卜素、黄酮、生物碱、强心苷、木酚素、甾醇等生物活性物质和 Fe、Se、Zn、Ca 等矿质元素。

(2) 彩色水稻的蛋白质(粗蛋白)含量较普通米高出 30%～50%;红米较白米赖氨酸含量高 2～3 倍,氨基酸含量也高于普通稻米。色氨酸、VC、Se 又是色稻所独有的。色稻的 VB1、VB 要高出普通米数 10 倍,微量元素 Fe、Zn、Ca、Mn 也均高于普通米,有的可高出数倍。

(3) 彩色水稻具有抗氧化、预防心血管疾病、抗肿瘤、降低血糖作用,还具有较好的保健作用。

随着生活水平的提高,人们对农业生产多样性、趣味性的需求日益增加,有机艺术稻田符合人们追求新事物和美好生活的需求。按照有机或自然生态方式种植的稻米既点缀了餐桌,也满足了人们对安全食品的需求。在实际操作中,建议紧跟时代主题进行规划,贴近市民心声,满足亲子体验需求,相信一定会有广阔的发展前景。

农人感言:稻田艺术是一种真正的可观、可感、可食的大地文化,源于生产,凝聚了智慧,带来了欢笑。

散养柴鸡：

林下鸡，会飞的鸡，走地鸡，零添加鸡

散养柴鸡也称笨鸡。笨鸡一点也不笨，特别能飞，白天可以飞越围网，所以农人也叫它们会飞的鸡、林下鸡。

对于习惯了乡村生活的农人来说，傍晚是相对休闲的，这个时候无论春夏。这个时候，农人都喜欢在农场的角落里，在幽静的碎石路上走走转转；这个时候，太阳和月亮往往交相辉映，偶尔会被云朵遮挡光芒；这个时候，田间是空旷的，作物也放慢了脚步，是的，庄稼都歇息了。

听田园的另一边，蝈蝈或蛙声总是相伴，鸟声也时时穿插，大堤上还有汽车车鸣声，远处村庄也会有犬声传来，当然少不了农场的公鸡鸣叫和母鸡咯咯声，农场夜晚的交响乐，平静又丰富。不知不觉间，来到鸡舍区，平望去却看到4米高的围网上密密麻麻蹲卧了好多柴鸡，再细看，发现树枝上也有柴鸡。对于这一现象，农人见到会悄悄走开，不打扰柴鸡睡觉。待到天亮后，这些高处躺卧的鸡仔又会自觉回到地面觅食，它们也知道早到的鸡仔有虫吃的道理。

提到农场的散养鸡，农人是很自豪的，也是很欣慰的，因为它们不但品质好，品种也多。北方人多喜欢炖汤喝，所以品种上还是以本地土鸡（也叫柴鸡）为主，因此我们又叫它们散养柴鸡，也称笨鸡。笨鸡的腿纤细，似干柴，肉质坚韧，越炖越香，且产蛋受欢迎，虽然鸡蛋很小，但做出来特别黄,味道特别香。笨鸡一点也不笨,特别能飞,白天可以飞越围网,很多客人总是担心说:"哎呀!鸡子飞出网了!"农人习以为常地笑着说:"谢谢您的提醒,没事的,它们总是能自己飞回去,晚上还在网上睡觉的。"所以农人也叫它们会飞的鸡、林下鸡。同时,为了照顾老人、小孩及牙口不好的或喜欢清淡的,也自广西引进繁育了三黄鸡,其特点是肉质细嫩、皮薄、肌间脂肪适量、肉味鲜美,所以养殖上饲料配比讲究,且生长期严格把控,又因其怕冷怕湿,所以生长环境比柴鸡要严格得多。再往里面走,还能看到披着白色羽毛的大大的踩着黑色脚掌以及顶着黑色尖嘴的乌鸡,还有见到什么人都叽叽叫且拥挤在一起,看起来麻麻的顶着红色王冠像孔雀一样漂亮的极具观赏性的珍珠鸡,几个品种在一起,满足人们的不同需求,只是在内部进行隔离,且结合大小批次进行隔离。同样,更少不了卫士大鹅来看家护院,为所有的鸡仔看住时刻盘旋在天空中的一双双鹰眼,还有网外时时伺机而动的小蛇,以及农场出没的黄鼠狼等。

鸡总是有其特点,比如怕潮湿,怕惊吓,易感染等,稍有不慎,都会出现病害,更有甚者出现集体感染,尤其是多品种养殖。所以在养殖中,其实在开始养殖前,农人们就已经考虑如何预防。

首先,降低密度。一听到养殖,很多人意识里就会觉得,在一个密闭的空间里,好多鸡圈在一个笼子里,一天到晚足不出户,照着灯光。这也对,是的,这是传统养殖的方式。农人养殖的方式不一样,农人将所有品种区域养殖降低养殖密度,在20亩地的区域里,散养存栏3000只左右,基本保证1平方米1只左右,保留足够空间,让其自由活动,自由飞翔。

其次，鸡舍搭建在高地。由于柴鸡及其他鸡均怕潮湿，所以选择背风向阳高地搭建鸡舍；鸡舍内部还进行垫高，根据部分品种喜欢攀缘的特点，在里面设立多层三角架，让它们夜晚立在上面；包括种植果树，部分散养鸡夜晚直接飞在果树上栖息；特别对三黄鸡的鸡舍底部垫高，并对其内部进行分割，防止扎堆；所有鸡舍底部每日清洗、通风、烘干、消毒，保持清洁；对于养殖所有区域，也定期进行消毒。

再次，放音乐。考虑鸡仔胆小，而园区经常有人参观，所以每日播放舒缓的音乐，让其放松心情，下雨、打雷的时候也会稍好一些。有时候，农人给鸡仔播放大方的广场舞，用以壮胆，游客听了也感觉心情舒畅。当然到后期，节假日很多人尤其是小朋友特别喜欢体验捡鸡蛋、抓会飞的鸡，为了避免鸡受惊吓而影响产蛋，农人还特别开辟一小块地方用于隔离，将其他区域的鸡蛋统一捡起来放置到一个区域，客人能亲自看到农人从其他区域捡也能理解，这样生产与体验便可兼顾。

最后，种树种草。农人在养殖区种植核桃树，部分鸡夜晚可以在上面睡觉，白天热了可以在树下乘凉。另外可以轮换腾空部分田地，种植一些杂草，作为它们的食物（只是两年后无法发芽了）。

通过以上种种措施，伴以农人们日常精心照顾，各种散养鸡基本能保持90%的成活率。而为了保证不添加，农人还要将自产的玉米磨碎成粉，添加小麦麸皮，这些构成了鸡仔的主要食料，加上农场挑拣的果蔬、杂草，真正做到无添加，零污染，散养鸡。很多时候，散养鸡这里也是一个小循环，菜叶、杂草喂鸡，鸡粪发酵种菜。

时值盛夏，产蛋量因气温增高而逐步下降，真是供不应求，但为了保证质量，农人坚持有多少配多少，养殖数量也不再增加。炎炎夏日对于怕热的鸡仔也是严峻的考验,虽然农人做好了预案,比如增加了喷雾措施,也增加了遮阳网,还有日渐茂盛的核桃树,但还是需要鸡仔们一起加油!

农人感言:这里也是一个小循环,菜叶、杂草喂鸡,鸡粪发酵种菜。

散养黑猪：

自由奔跑的田园小哥

一切美好的事物都与时间有关，猪肉也不例外。当人们愿意花时间去耐心等待它们慢慢成长，然后精心选料、慢火烹煮，只为了最后入口那一刻的愉悦，彼时因期待而诞生的感官快乐，真是幸福至极。

记得爷爷讲过一个故事："文革"时期，他的一个战友因为娶了台湾老婆，被关起来劳动改造。爷爷受托疏通了关系去看他，临走时，他对爷爷说：能不能拜托你一件事，我在这里别的都能熬，就是天天想念家里的红烧肉，快受不住了，你能帮我弄点儿进来解解馋吗？爷爷拍着胸脯应了下来。

故事的结局听着像个段子：这位战友趁晚上大家都睡了，就着月光打开铝饭盒，夹出一块已经冻住的红烧肉，咬了一口慢慢在嘴里化开，正当他沉醉于味蕾的极致快感时，肉香惊动了室友，被好事之徒告发，追根溯源，爷爷差一点也被抓去连坐。

这是农人听到过因为"馋"而进行的最大的冒险，多年后这位美食勇士携全家从台湾归来请我们吃饭，席间又提起这段往事，爷爷问他明知道有被抓的风险不是应该快点吃完了事吗？耄耋老人哈哈大笑说："我故意嚼得慢一点、细一点，一来是不想太快吃完所以舍不得下咽，更重要的是，为了能够继续吃到这么美味的红烧肉，我想我也一定要撑过去,好好地活着回家。"

思念是抽象的,而那一口家乡的滋味却实实在在熨平了愁肠百结的心,成为乱世里活下去的理由。

"馋"字的本义是"善于奔走的狡兔",正所谓"为了一张嘴,跑断两条腿",四处奔波大膏馋吻,真正的老饕绝不会偷懒。人间滋味,无非饮食男女品味,美食面前人人平等。

一切美好的事物都与时间有关,猪肉也不例外。当人们愿意花时间去耐心等待它们慢慢成长,然后精心选料、慢火烹煮,只为了最后入口那一刻的愉悦,彼时因期待而诞生的感官快乐,真是幸福至极。

而令人嘴馋的红烧肉不知从何时起,再也找不到儿时那种美味,尤其是入口最后那一瞬间的感觉了。市场上三个多月成长出栏的猪,添加了各种激素的猪,看起来全是瘦肉的猪肉,入口却是没有什么味道。于是,农人决定自己养殖,尽管不是很懂。

农人散养太阳黑猪开始于2013年。在临安太阳公社,纵深3000米的山林里,有多个山谷,农人从中确定一个深的山谷进行养殖,以不影响其他居民。农人请来了中国美院教授陈浩如先生实地勘察多次,进行设计。经过近3个月的讨论、测量、修改,决定运用当地竹子、稻草、石材为原料承建,于2013年11月,太阳黑猪养殖场建成。猪舍外围种植桃树,为了防止破坏,将桃树外用木架围起来。在决定养殖之初,农人就决心给黑猪以最好的环境,所以,为它们修建了豪华泳池,桃树间种植黑麦草及其他杂草,足够黑猪自由活动,农人坚信如同一切生物一样,黑猪拥有快乐的心情最终肉质也是不同的。经过不断的完善,散养猪舍获"中国最美猪舍"美誉。

对于养殖来说,设施建设外部硬件还好解决,寻找优质技术员、优质品种以及后期管理养护困难比较多,但保证品质才是根本,农人一直坚守这个原则。农人虽然是技术出身但专业限于作物学,养殖类并非专业,所以只能在实践中学习。农人认为,种植养殖是相通的,品种是关键。当然这些不是农人一人在做,农人有个团队,并且自决定养殖时就开始在多渠道寻找技术力量了。比如技术员,来自山东专业养殖10年的专业人员,年轻好学的小崔同学,从浙江大学教授那里得知可以利用边角地种植大叶速生槐饲养黑猪非常好,遂马上进行大叶速生槐试验种植。为了保证口感,选择黑猪品种时,农人对太湖黑猪、淮南黑猪、安徽山区黑猪等进行考察,最终选择与南京农大校友合作,订安徽太行山区散养小黑猪,以保证前期品质。

一切都准备就绪以后,第一批黑猪40头在3月初进入公社。刚刚满月的小猪活泼可爱,按照事先定好的原则,以农场自产玉米磨成粉及麸皮为主要原料,加豆粕,另外适量添加淘汰的有机蔬菜以免黑猪拉肚子。配合猪舍内自动饮水设施,加上小崔同学精心呵护,农人是放心的。黑猪们白天在养殖围栏区域里自由活动,热的时候可以在泳池里跳个舞,或来个仰泳也是可以的。音乐全天陪伴,悠扬的音乐声中,黑猪们快乐地成长着。猪舍的清洁是每天的日常,好多客人见了都笑称它们是"住着别墅的黑猪",其实不单单是这样,有游泳池,有豪华别墅的幸福的黑猪,还有专门的贴身管家呢。紧接着公社又进了40头黑猪,但因猪舍面积有限,没有全收。存栏80头,也是第一年的目标。

夏秋成长季节对于黑猪来说是快乐的、幸福的,困了,听着音乐,躺在别墅里眯一会儿;累了,在草皮上逛逛歇歇;热了,三五成群约着下池泡个澡;痒了,靠着桃树护架磨磨就是最好的挠手;渴了,自动饮水器上一凑,立即有优质水流出……对于烦人的蚊子,农人安装了风扇并在猪舍四角点燃蚊香。成长又是缓慢的,尤其是自然成长,不添加任何生长激素的自然生长,好多时候社员问什么时候有肉吃,农人总是说"再等等"。是啊,选择了尊重自然,就要遵循自然的规律,很多事,急不得。

好的产品需要等待,也必须经得起等待,农人始终相信这一点。正如小时候,等待过年的那一天,因为有新衣服穿,尽管不是很名贵,可是有那么一件,心里总是开心、幸福的。比如,临近过年,杀一头年猪,那个香味至今难忘。太阳公社的黑猪也是这样,经过大约11个月的养殖,经历了300多个日夜的自由奔跑,在阳光下沐浴,在欢快的音乐中接受熏陶,它们慢慢长大,具备了初步上市的条件,在社员的千呼万唤中,农人忍痛割爱为社员举办了第一届杀猪节。

时间选在2014年冬至,这个冬季的第四个节气里,农人选择杀猪、包饺子、打糍粑,这也是与社员的一次互动。寂静的山村一下子热闹了起来,清晨开始便陆续有社员赶来,他们是担心抢不到猪肉。到10点的时候,车辆已经停满了公社的前前后后。为避免血腥,农人挑选的第一批8头黑猪已经按计划处理好外毛,只等抬出来破膛切割,一时间人声鼎沸,大家兴奋异常。当社长宣布"杀猪节"开始的时候,农人也觉得神圣、兴奋。随着专业人员开始分割,社员们根据喜好挑选,公社与社员的亲密互动也开始了。因为当天只杀8头猪,社员多,有的感觉太少,农人解释道:栏里还有,后期可以再订。先坐下,杀猪节杀猪宴是必不可少的,先尝尝!散养黑猪肉的清香以及无添加的优势在舌尖上尽显,寒冷的冬季说不出的温暖……

杀猪节过后，黑猪肉也出了名，成了太阳公社的名片，飞出了太阳镇，似乎农人们种的蔬菜、水稻，养的鸡全成了配角，其实其他产品也是一样好，只能说是黑猪更好，或者说是市场上没有好的散养黑猪。所以说好的产品需要等待，慢一点，遵循自然规律，是值得的。

农人感言：选择了尊重自然，就要遵循自然的规律。

辑二

追赶时令的节拍

坚守自然慢生长,

必须会有舍弃。

立春,疫情之下

2020年2月4日,立春。疫情改变了一切,也给了我们时间;疫情又改变不了一切,比如亲情,还有自然的时节。

今天是2月4日,立春,在遥远的小山村里,没有往日的宁静。平日里只有老人的日子暂时消失,因不让聚集,基本上都是自家人一起热闹,路上有部分行人,都戴着口罩。在农村,出入口把控,不让外人进入,大家保持安全距离,基本还是安全的。

立春,二十四节气的第一个节气,也是春季的第一个节气。时春气始至,四时之卒始,故为立春。大地回暖,万物生长,冬将尽,春正来。《月令七十二候集解》说:"正月节,立,建始也。"立春,意味着从这一天起,春季开始了。"春,蠢也,动而生也。"意味着闭藏的冬天结束了,立春时节,气温、日照、降雨,开始趋于上升、增多。立春又叫"打春",就是冬至数九后的第六个"九"开始,所以有"春打六九头"之说。"五九、六九隔河看柳",此时到河边,会看到柳树枝头有微微的绿色。天文学家表示,从天文学上来看,立春预示着美好春天的到来,但从气候学上来说,立春只是春天的前奏。虽然并不意味着马上进入春天,但毕竟白昼变长、天气变暖已成大势所趋,万物复苏、春回大地的日子已经不远了。

自年前回到老家,到现在已经近二十天了,难得的一次陪伴在父母身边,农人开心,父母更是笑得合不拢嘴。虽然吃饭的人多了,能吃的菜日渐少了,村庄也封了,出是出不去了,可老人们知道,没有什么比全家人聚在一起更开心的。借着聚在一起的日子乐享天伦,父母高兴得像个孩子。平时不常见面的孙子使劲黏着奶奶,问东问西,把奶奶乐得不行,每天去地里拔菜也跟着,虽然帮不上忙,可是陪着说说话,奶奶累并开心着……

　　是的,因为疫情突发,自大年初二开始,全国上下一心响应号召,采取封闭措施。国人此时空前团结,平时春节走亲戚等拜年活动全部停止,更没有出现慌乱,农人也不像往年一样过了初五就急急忙忙去上班,而是留在家里陪伴父母。这个时候,慢下来,思考,陪伴,或许是大多数人的生活。我们无法像白衣战士那样冲锋在一线,去为患者做些什么;最好的就是,听从号召,祈祷平安。疫情,改变了一切,也给了我们时间;疫情,又改变不了一切,比如亲情,比如村民的纯朴,还有自然的时节。

　　午后,暖暖的阳光照在身上,已经感觉不到寒意,山里的好处是,没有到处的喧嚣,十里八乡左邻右舍大娘大叔都很亲切。农人趁着午后,带着小孩,拿着小铲,提着小竹篮,计划在田里挖点小野菜,也给小朋友科普一下野菜知识。听说荠菜、黄花苗(蒲公英)还是不少的,而这些野菜又是包饺子的天然好菜。荠菜不是很容易辨认,这个时候大多还没有开花,部分叶片还有受冻的迹象,有些发红,幸好农人见得多,能认识,也知道变色是植物对于低温的一种自然反应,洗净放热水中浸泡一下就好了,不影响食用。而蒲公英则比较容易找,且往往是只要看到,就有好多,已经现花蕾,有的黄色的小花初开,在春天里,让人不忍心采收。蒲公英在农村一般是嫩叶鲜食凉拌,根部最重要,所以挖的时候,尽量保留其长根。不知不觉太阳快要落山了，小竹篮也要满了，农人和小朋友慢悠悠地往家走，小朋友认识了野菜，在田野里撒欢。农人被深深地感染了，仿佛回到了无忧无虑的童年。

母亲不知何时已在村口张望，看到农人，她挥着手迎了上来，看到半篮子荠菜也是吃惊不小。一家人一起把荠菜挑挑拣拣，清洗干净，那天的晚餐便是一顿鲜美的荠菜饺子，这也是最新鲜的农家美味吧。蒲公英同样洗干净，鲜叶放起来，准备次日清早凉拌。根部洗净，切成2cm长的小段，然后晾晒，干后泡茶，是清热解毒的好品，当然这些太少，后期还可以再挖一些。滞留在家的日子，自给自足，怡然自乐。

只是不知道离开农场这么久，此刻的农场，一切是否还好？到处封城，但是无法封住作物的生长，该长的总要长，该采的还是要采。这些农人只能在电话中向值班人员交代，只能稍微通过控制温度来延缓生长速度，只是都没有上班，采了没地方送，这也是农人最忧心的。从自然规律来说，真希望天气尽快暖和起来，就连新冠病毒都怕高温；可又希望它稍冷一些，让作物长慢一些。唉，矛盾的农人啊。

农人感言：疫情改变我们的生活，却也带给人们更多思考的时光。

雨水，春雪飘飘

2019年2月19日，雨水。在本该下雨的日子，却下起了春雪。虽说目前科技农业、设施农业已不断发展，但天气影响依然存在，在风调雨顺的天气下，通过设施、科学管理，方能取得良好收成。

雨水是二十四节气中的第二个节气。每年的正月十五前后，太阳黄经达330度时，是二十四节气的雨水。此时，气温回升，冰雪融化，降水增多，故取名雨水。《月令七十二候集解》说："正月中，天一生水。春始属木，然生木者必水也，故立春后继之雨水。且东风既解冻，则散而为雨矣。"意思是说，雨水节气前后，万物开始萌动，春天就要到了。

2019年2月19日，雨水。今年是个意外，在本该下雨的日子里，却下起了春雪。自昨天傍晚开始，由最初的小雪轻飘飘地落下，部分还慢慢消融，到深夜开始逐渐变大，簌簌地往下直落，屋顶上、棚膜上、刚发出芽的树枝上……整个农场的角角落落瞬间披上了一层薄薄的银白色睡衣，田野银装素裹，仿佛一下子又回到了冬季。

清晨，在耀眼的光芒中，新的一天开始了。小灰（农场小狗）照例在农场门口的雪地里卧着，忠实地守护着家门，看到农人出来，便连忙跟上一起巡场。踩在雪地上，咯吱咯吱的，听起来格外舒服，屋顶悬挂的近一米的冰柱晶莹剔透，在太阳照耀下格外显眼；边上高高耸立的几棵黑槐树，经积雪点缀，玉树冰花，煞是好看；菜地间，本没有多少露地菜，积雪覆盖，刚好可以冻垡，待雪水融化又能起到保墒的作用。西边养殖区的散养柴鸡，即使在寒冷的时节也不怕冷，它们早已在雪地里觅食了，怕是担心食物被麻雀争抢了吧。

温室里种植的草莓依然长势良好，自 12 月份采收以来，得到普遍好评，只是一个棚太少；另外种植的番茄、黄瓜生长缓慢，原因是温度较低，且光线不好。农业就是如此，虽说是科技化、智能化、数字化等现代化农业日益发展，但无论如何天气影响还是很大的，在风调雨顺的天气下，通过设施调控、科学管理，方能取得良好收成。

北边的小麦地，这会儿是最好的状态，虽然不是冬季的雪，可等了一个冬季也没有下，此时来得虽然有些晚，可补了墒情。

春雨贵如油，雪也如此。雨水节气，春雪飘飘，好的开始，农人期待着，也愿意用双手一起创造，用心守护这安心食材。

农人感言：春雨贵如油，雪也如此。

惊蛰，农场在萌动

2019年3月6日，惊蛰。春雷惊百虫，这个时节，过冬的虫卵开始慢慢萌动，农人的工作又增加了一项重要内容：需要开始虫情测报及虫害预防了。

去冬深翻的土地，经过百余天的蛰伏沉淀，愈发变得厚重而松软，随处可见的蒲公英野蛮疯长，中间伸展开出的黄色小花格外惹眼，让人远远一看便能认出；簇拥猛长的荠荠菜，使出浑身的猛劲开着朵朵洁白小花，生怕错过了这最好的季节；成块成块的绿色麦田，经过一冬的休眠愈发深沉深绿，散发出勃勃生机；仍然光秃的杨树仍然挺拔，走近细看，每一个枝头上都有似毛笔头般大小的嫩芽，偶尔有三五成群的麻雀停留，再飞走，欢快追逐……农场春天的清晨，充满朝气，充满阳光。新春甫惊蛰，百草尤未知。

今日惊蛰，农场多处还覆盖着枯黄色的杂草，田园也多是黄黄的土层，枯黄仍是主色调，真正满园皆绿的时节还得等些时日。然，风已不再寒冷，穿过午后这温暖的阳光，吹在脸上，痒痒的，柔柔的。天空也呈现出干净的蓝，有几朵白云映衬，漫步田间，一切都刚刚好，不觉寒冷更不会太热，心里有说不出的惬意。

惊蛰，意味着露地基本解冻，地温回升。在田间，农人们早脱下了厚厚的棉袄,或挥动锄头,或蹲排栽菜,或疏道浇水,一刻不停地忙着耕种。同样地在棚内,前几日栽下的茄果已经开始整枝了,中午的时候温度稍高,农人还要将两侧通风口摇起进行通风降温。作物就是这样,每时每刻都要精心护理。

"春种一粒粟,秋收万颗子。四海无闲田,农夫犹饿死。"是啊,古时候的农民尚且知道春天种下种子,秋季的时候收获,而且要全部种满,农人们更应该把握时节,并与农业科技结合,优质高产,提供好产品。"一年之计在于春",这句千百年来经过无数实践证明的农业谚语,即使到了今天,仍然意义重大。春天要提早计划,提早整地。春天是播种的季节,也是收获的基础。春节期间,大多数人沉浸在节日的喜庆中,农人已经制定好计划,并按计划播下一粒粒种子,种下一个个希望。经过一个月精心呵护,在温暖的苗床上,番茄苗、辣椒苗茁壮生长,甘蓝类苗一批一批都齐整向阳。前些天,农人又对黄瓜苗采取嫁接,现也亭亭玉立。当所有种子从大大小小的颗粒,变成一排排鲜活齐整的生命,是最令人开心的。

同时,根据秧苗情况,农人已经安排温室进行整地,本批番茄苗、黄瓜苗、辣椒苗在生长一周后基本可以移栽,这样春茬果菜类就不耽误正常供应。同样露地的田块也开犁动地,种植耐寒叶菜,逐步地各类蔬菜将增加品类。

惊蛰,对于农业来说,另外一层意思是春雷惊百虫。气温回升较快,渐有春雷萌动,蛰伏在泥土中冬眠的各种小动物会惊醒出来活动,此时过冬的虫卵也要开始慢慢萌动,那么农人的工作又增加了一项重要内容:需要开始做好虫情测报工作及虫害预防了。

果树区嫩芽已经生发，农人为预防病害虫害，保证好的品质，熬制石硫合剂，先期赶快喷洒一遍；趁着土松，又进行深耕一遍，施进冬季自发酵成熟的菜籽饼肥，以促进后期结果，总之一切为了更好的未来。

西南边的桃树，一条条细长的孤枝上，一个个密密的花蕾慢慢鼓起；枯萎了一个冬季的韭菜，经过春雨的洗礼，偷偷地从厚重的土壤里钻出。萌动，在农场的每一个角落悄然发生。

农人感言：春天是播种的季节，也是收获的基础。

春分，加紧播种

2020年3月20日，春分。棚里的草莓长得最是猛烈，随着温度升高，口感会逐渐变酸。只是客流稀少，现场体验采摘基本没有，所以多数是采收后包装配送。

3月20日，晴，今日春分。春分，古时又称为"日中""日夜分""仲春之月"。孔颖达注疏："以二至是阴阳之始终，二分是阴阳之交会，是节之大者。"《春秋繁露·阴阳出入上下》曰：至于中春之月，阳在正东，阴在正西，谓之春分。春分者，阴阳相半也，故昼夜均而寒暑平。

被新冠疫情封困了一个多月的农人们，也基本于2月底3月初先后返回农场，按照政策部分人员还需要隔离14天或是7天，一切正常才可放心工作。在确保所有人员安全后，农人们开始了空前的忙碌，大家迫不及待地下田进棚，想把被耽误的农事，被推迟的工作，被延后的工程进度赶回来。农场定下"要如期开园，如期与家人见面"的目标，同时疫情下家人们对安心食材的需求更加迫切，农人们必须加紧播种，撸起袖子加油干。

春分日，宜破土动工。上午八时八分鸣鞭炮，挖机破土，施工方、农人同穿"中国红"铲下第一锹土，然后又在施工方的一再请求下烧了几张黄纸，按其说法是敬一下当地地头神，因为农场动土开沟修路难免遇到些什么，农人还是第一次听说，不过为了工程顺利施工，也是配合进行了。开工仪式完成后，负责道路施工的40余名工人全部按照计划进入施工区域，进行土方清理、清运等工作，当然，因为疫情没有完全结束，且施工人员较多，工人全被要求戴口罩、测体温，严格按照防疫要求进行管理。

在生产区，同时开工的，还有大跨度自动储热日光温室施工。因是高空作业，农人没有安排开工仪式，且在年前上冻前已经完成了四周的基础圈梁工作，同样因为疫情耽误了年后进场日期。因为疫情耽误的还有材料，由于疫情需要大量的口罩，甚至出现短缺，口罩需要用到无纺布或棉布，而温室同样需要棉布做材料，造成了物资冲突。当然，在这种形势下，一定是以大局为重。农人一边祈祷疫情早点结束，一边安排施工方根据进度先进行骨架搭建，相信努力总会有好的结果。

棚里的草莓长得最是猛烈，此时也是一年中产量最高、口感即将下滑的时候，因为随着温度升高，会逐渐变酸。只是目前客流稀少，现场体验采摘基本没有，所以多数是采收后，包装配送。早春播种的番茄、辣椒苗正壮，可以进行移栽了，农人们进进出出往棚里栽培。田间的杂草在春风的吹拂下，飞速生长，几个农人蹲在地里一字排开艰难地拔草，待草拔净后再浇水。

去冬种植的一片油菜，陆续开放，还有路边栽植的小桃树新开了朵朵红色小花，为农场增添了春天的色彩，更为繁忙的农人们开启了愉悦的心境。春日无限好。

农人感言：春分日，宜破土动工。

清明，越来越忙

2020年4月5日，清明。随着温度慢慢升高，田间农事越来越多，病虫害也逐渐增多，田间杂草生长越来越快，农人越来越忙。

好雨知时节，当春乃发生。

随风潜入夜，润物细无声。

清明时节，似乎总有相同的感觉，前几日还晴朗的和煦的天气，夜里一场春雨悄声无息滋润了中原大地，待到天明，一轮太阳又早早升起，仿佛什么都未发生过。可田间欢快的小麦正拼了命吸吮这难得的雨水，尽管半截高的麦身还残留着雨珠；地里正开的油菜花更加鲜艳；路边成排的杨树早已泛绿还滴答滴答落着水滴……真正的春回大地，一片生机盎然。

清明，在二十四节气中，既是节气又是节日，第五个节气，同时与春节、端午节、中秋节并称为中国四大传统节日。早在西汉年间，便有清明时分一说。《淮南子·天文训》中说："春分后十五日，斗指乙，则清明风至。"直至唐代，清明节才正式以节日的形式与我们的生活产生更多关联。"从来禁火日，会接清明朝。"清明融会了寒食节、踏青节、上巳节等诸多民族仪式感，终于与端午、中秋一样，成为传承着厚重且深远的亲情文化内涵的传统节日。

　　清明小长假也成了人们走亲访友或祭拜故人的节日。脱去厚厚的冬装,换上干净、漂亮的春衣走出家门,来到故土,来到郊区,呼吸新鲜空气,呼吸故乡的气味,呼吸春天的气息。中原农村,一下子,因为清明的原因,比平日热闹了许多,因为道路不够宽敞,似乎显得有些拥堵。清明祭祀,通常是先烧纸,俗话说是给故去的人送点钱。虽然政策上明确规定不得燃放鞭炮,但是在这个特殊的日子里,尤其是农村,偶尔还是能够听到声声短促的鞭炮声。

　　远远听到鞭炮声,看着进进出出的人群,农人很是羡慕,总是想到远在千里之外的亲人。一般情况下,在节假日里,农人们是最忙碌的,何况这个唯一的既是节气又是节日的清明节呢。农场的油菜花开了,三十多亩金黄色的油菜花在微风中散发出迷人的花香,白色的、黄色的、花色的蝴蝶在花海中翩翩起舞。趁着天晴,来了一群热爱生活的小朋友,他们正商量着在这难得一见的广阔花海里来个大地火锅。天地之间,自然之中,乐享美味,听听都为之兴奋……

　　小朋友总是欢快的。他们放下书包,远离课堂,在春天里,与自然接触,在大地上奔跑。瞧,三三两两的小朋友已经放起了风筝,风筝随着跑动,慢慢升高,"起来了!起来了!"风筝翱翔于蓝蓝的天空,小朋友在下面忘情地奔跑,大人在一旁快乐地观看,更为这春天增添了几分活力。此情此景,让农人想起小时候课本上的《风筝》课文:"竹做的骨头纸做的背,春风送它们往天上飞。我们在地上边笑边跑,它们在天上越飞越高。"

农场的双人、四人旅行自行车无论什么时间总是最受欢迎的，是全家的最爱，一大早便被一抢而空。一家人或两个人一起骑着车子慢悠悠地体验初春的农场，闻闻扑鼻而来的油菜花香，还有粉红色的桃花，这个时候白色的梨花也还有，拍照往往也成了人们的乐趣之一。春光无限好，春光无限好啊！

年前开始采摘上市的最受欢迎的草莓依然颇受欢迎，虽然温度上升，草莓口感有所下降，可农人选择的品种保证了整体口感一致性，尤其是有机种植管理确保了这种草莓任谁尝上一口都会觉得比市场上的普通草莓好太多。本来开放了两个棚采摘，但一下子被采摘者抢空了，都还抱怨说太少，问还有没有，暂时肯定是没有了，已经接近尾声，并且商城、超市都有需求，都是要满足的。错过一季，结合受欢迎程度，农人已经决定8月份再扩大一倍面积，好产品，要多种。

清明前后，种瓜点豆。农人破例，却也遵循着这一规律。破例是因为有了温室、大棚，部分瓜果类已经提前种植了一些，比如早春西瓜、黄瓜等，在二月份已经种下，有的已经开花，少部分黄瓜已经陆续采收，这就是现代农业技术的应用带来的好处。遵循自然规律的是一些露地播种的丝瓜、苦瓜、南瓜、冬瓜等，照例赶在清明时节，找好地块，冬瓜、南瓜还能起到防草的作用，通常是按行播种，种植穴附近施肥，浇水；对于丝瓜、苦瓜，农人早就搭好了结实的钢架，沿着钢架进行播种，便于后期整枝、吊蔓。点豆字面意思是点豆，其实这个时候，豆类、秋葵、水果玉米、糯玉米、露天番茄、辣椒、各类叶菜都要播种，随之带来的是先期的整地、施肥、旋耕、做畦等相关准备工作。总之，随着温度慢慢升高，田间农事越来越多,病虫害也逐渐增多,田间杂草生长越来越快,农人越来越忙。一年之计在于春,播下的是种子,更是希望,农人明白,即使再累,一切也是值得的。

农人感言:好产品,要多种。

谷雨,天气突冷

2019年4月20日,谷雨。中原的天,已变得暖和,却还是不够稳定,前一日阳光明媚,后一日会风雨大作,冷热交替常常出现。

时间来到4月,中原的天,已变得暖和,却还是不够稳定,前一日阳光明媚,后一日会风雨大作,冷热交替常常出现,比如今天。4月20日,谷雨,春之六节气中的最后一个节气。

谷雨是"雨生百谷"的意思,此时降水明显增加,田中的秧苗初插、作物新种,最需要雨水的滋润,正所谓"春雨贵如油"。谷雨与雨水、小满、小雪、大雪等节气一样,都是反映降水现象的节气,是古代农耕文化在节令中的反映。今天,经过一整夜的大风的吹袭,天气变得冷了许多。

农场的杏叶在前半月已经挂满枝头,春意早已显现,刚刚挂在杏树上的小小的青色的杏子,经不住大风侵袭飘落一地;前几日开花的桃树,在冷风中瑟瑟发抖,有些孤单。清晨看到这些,农人的心也随之一冷,看来,今年的果树在自然上要是个小年,要减产了。农人一声叹息:唉!做农业苦啊!有时候尤其是露天种植,无论技术如何还真是要靠天吃饭。

想到露天种植,农人又急急忙忙走到蔬菜地块。惊蛰过后,翻地移栽的青菜类长势良好,为了防治日益增多的青虫、跳甲等危害,农人在上面覆盖了防虫网,以隔离其飞进去。走近一看,幸亏边上压了土块,菜也长得好,防虫网也还在,农人算是松了一口气。棚内3月份移栽的番茄、辣椒,晚上都放下了风口,安安静静地生长着,这也是设施的好处,基本受外界影响较小,稍后太阳升起,温度回暖,农人会再一次将卷帘摇起通风换气。新的一天开始。

去年秋季农人突发奇想,引进播种了一些从杭州带回来的蚕豆。这个长三角地区的路边、田埂到处可见的孔乙己口中的茴香豆,人们用餐喝酒最喜爱的下酒菜,经历漫长的冬季,逐渐开出朵朵紫白色小花,并陆续结出串串果荚,农人知道,再有二十天左右,就该收获了。意外的是,见到的同事或是来到农场的客人都很好奇,常问是什么花或什么菜,的确,对于见惯了萝卜白菜的中原人来说,或许吃过豆子,但南方的蔬果见过的还是少。此事也提醒农人,在后期对一些产品尤其对蔬果产品需要进行适当的科普,比如产品简介、生长情况,包括食用方法等,以便让大家对产品有基本的了解。

农人感言:露天种植,无论技术如何还真是要靠天吃饭。

立夏,生日派对

2020年5月5日,立夏。对于鼓劲打气的事情,农人巴不得天天有。就这样,农场的集体生日会轻松敲定,蔬菜、部分肉类农场自产,外采啤酒、蛋糕等,地点就设在农场北边大门口。

时光如梭,眨眼间便来到了5月,天气也骤然热了起来,早晚清凉依旧。5月份第一周,也是"黄金周",因疫情的原因,大部分人选择居家,或近郊出游,而对于农人来说,由于疫情耽误的农事、延误的工作,还是要迎头赶上,为了6月份的开园,"黄金周"依然没有休息。

5月5日,立夏日,夏季的第一个节气来临,"立夏"的"夏"是"大"的意思,是指春天播种的植物已经直立长大了。古代,人们非常重视立夏的礼俗。在立夏这一天,古代帝王要率文武百官到京城南郊去迎夏,举行迎夏仪式。

午后,综合行政部同事建议举办集体生日会,一是因别人都在休假,可农人们因农忙,又赶上计划6月份开园,双重压力下就没有休息;再者,上半年好多员工过生日,大家可以聚在一起加加油。对于鼓劲打气的事情,农人是巴不得天天有。就这样,农场的集体生日会轻松敲定,蔬菜、部分肉类农场自产,外采啤酒、蛋糕等,由于整体还在建设,地点就设在农场北边大门口,轻松、简单。

其实自 3 月份基建启动以来,在多方共同努力下,园区主道路、碎石道路、停车区、办公区、接待餐厅、加工包装区、十栋自动储热日光温室以及养殖围栏、养殖禽舍等基础设施主体构架都已基本完成,余下的是内部装修及改造等,农人心里还是踏实的。整体生产上,经过全体人员一个多月的不懈努力,棚里茄果类已经挂果转色,瓜果类也部分开始采收,露地蔬果类均按计划种植,田间整整齐齐,生机勃勃,农人相信再过一个月会更加旺盛,这就是专业的力量,也是用心的成果。

为了营造氛围,综合行政部挂上条幅"全力以赴,冲刺五月,顺利开园,稻草人农场烧烤生日会",主题鲜明。提前布场,提前到场安排烧烤,为生产上的同事准备(因生产现场下班较晚),也充分体现了相互理解、相互帮助的团队精神。等到全部到场,彩灯亮起的时候,农人们都很感动,也很开心。酒摆成心形,蛋糕上也是"冲刺五月,撸起袖子加油干"的字样,充满正能量。傍晚 6 点半的时候,过生日的 14 位同事一起吹蜡烛,大家共唱生日歌送上祝福,当 30 位农人共同端起啤酒大声说"干杯"的时候,大家读懂了彼此的眼神。在欢乐的气氛中,吃蛋糕、抹脸蛋、烤羊肉、喝啤酒、高声歌唱……在这个初夏的夜晚,农人们尽情欢乐,尽情享受自己守护的理想田园。刚进农场三个月的毛毛幸福地说:"从来没有这样过生日,好开心,太激动啦!"到农场两年的陈师傅说:"之前咋没有这样过过生日,还真好,热闹,开心,比发个礼物强。"其实农人也开心,大家开心,就是农人最大的愿望。

田园梦,是多数现代都市人的梦想生活,看日出日落,听鸡鸣蛙叫,观月明星稀,赏菜田花海,与心灵对话,和自然接触,田园汇聚了所有美好。然田园也并不只是表面看到的静怡,所有美好的背后,都有农人们默默的付出,有在烈日下暴晒的汉子,有整日蹲在田间除草的大妈,有冒雨采收的大姐,有满身是泥的机耕手,他们都有一颗执着的、热爱农业的心,一颗日复一日默默坚守的本心。

再有一个月的时间农场开园,自己从 2002 年 6 月 3 日加入有机行业,算算到开园刚好 18 年整,18 年来,经历了有机道路的坎坎坷坷,农人一直踏踏实实做事,坚守自己的有机田园。在这个特殊的夏夜,农人想对并肩前行的农友们说:没有一件美丽的东西,可以在瞬间展现它的华彩,因此你需要耐心;没有一件值得一做的事,可以一个人完成,因此你需要爱。

18 年。四座城(苏州、上海、杭州、郑州)。一件事(有机农业)。

农人感言:所有美好的背后,都需要全身心的热爱与持之以恒。

小满，初得盈满

2018年5月21日，农场小雨，今日小满。小满，二十四节气之一，夏季的第二个节气，其含义是夏熟作物的籽粒开始灌浆饱满，但还未成熟，只是小满，还未大满。

> 在二十四节气中
> 小满是一个很特别的存在
> 有小暑必有大暑
> 有小雪必有大雪
> 有小寒必有大寒
> 唯独小满之后没有大满
> 小满者
> 满而不损也
> 满而不盈也
> 满而不溢也
> 不多不少，一切都是刚刚好

农人者

潜心耕种

初得盈满

孜孜不辍

小满自得大满

自15日夜间开始,连续一周淅淅沥沥、断断续续的小雨,带走了夏日即将抬头的燥热。微风不燥,暖和又带些清凉,初夏时节,天气正好。耳边反反复复传来持续不绝的"布谷——布谷——"清脆而悠长的鸣叫,这声音在提醒农人:杏子该熟了,麦子也快要收割了。

是的,农场的杏子前几日已经开始逐渐成熟,金黄色的杏子挂满枝头,有的甚至压断了树枝。农人一直秉承不打农药的原则,随着越来越好吃的杏子的成熟,越来越多的鸟雀被吸引过来,虽然树上面盖有防鸟网,可还是有漏网之鸟,所以农人一直是顶着小雨、站在梯子上挑选着采摘,一是不能让成熟的杏子坏在地里,另一个是防止被鸟吃。

西地的近50亩小麦,正如节气所说,已经灌浆饱满,颜色也由绿色逐步转变为黄色了,但还没有完全成熟,几只低飞燕在麦田上方欢快戏逐。收获的季节,收获的颜色,收获的农人,即使再苦再累,也总是抵挡不住收获的喜悦的。

小满,是部分夏熟作物收获的季节,比如麦子、杏子、大蒜等,同时也是各类春季作物种植的季节。在农人的时间表里,收获是结束,更是开始。前几日移栽的水果玉米,在清凉的早晨,正努力伸展用力呼吸;4月上旬播下的几亩芋艿,在杂草簇拥下,顽强生长;农人前几日趁雨天扦插下的红薯苗,不经意间发出了幼嫩的新叶;去年种过的向日葵落下些许种子,在大地的怀抱里长成一片,初开的向阳花,向人们展示着生命的顽强与美好。农场雨季清晨,静谧祥和,活力无限,一切都刚刚好。

农人感言:收获是结束,更是开始。

芒种，抢收抢种

2020年6月5日，芒种，是二十四节气中的第九个节气，夏季的第三个节气。芒种字面的意思是"有芒的麦子快收，有芒的稻子可种"，因此又叫"忙种"。对于中原来说，是忙碌的季节，忙碌冬小麦的收获，忙碌秋作物的播种。

清晨，窗外的阳光早早透过窗帘洒进房间，虽然有双层遮挡，无奈这太阳升起的时间太早，而阳光又过于强烈。窗外清脆的杜鹃鸟鸣、悠扬的布谷叫声，还有飞来飞去的麻雀叽叽喳喳的叫声，以及时时穿插的几声"咯咯咯"的野鸡鸣声，形成了农场夏日清晨特有的晨光曲。再往远处，农田里，道路上来回奔波的收割机机声轰鸣，那是丰收的乐章。

节气对于黄河流域是最应景了，打小满开始，成片的小麦逐渐转色，后慢慢成熟，而此时的天气也适时地给力，多是晴天。成片成块的金黄色麦田在夏日的微风中起伏摇曳，虽是农忙时节，地头也仅仅是三三两两的人，还有车辆，不像之前没有机械的年代的农忙，地头地里全是人。几台全自动收割机在麦田里穿梭，随之不断有麦子倒下，连麦秆也粉碎了,收进的全是净麦,这就是现代化、机械化的速度与力量。然后直接用上播种机在地里播种玉米,再进行抽水浇水,几天后玉米就长出来了,整个收麦和播玉米过程不到一周时间,所以说是"忙种"也算不上,在机械化的今天,一切都简单化了。农人更是如此,冬季种植的小麦,同样是在这个时间收获,但是玉米是早就种植了的,这玉米不同于一般的玉米。农人种植的玉米,有水果玉米、糯玉米,均在4月初就开始育苗,并且是分批育苗,只为让家人们能够长期品尝。持续采收一直是农人坚持的原则。

5月份播种的水稻秧苗,经过一个月的精心呵护,也已长高了许多,走近细看有15cm高了,叶片肥绿喜人。茎秆粗壮,根系旺盛,农人知道,这些秧苗是基本可以插秧了。不远处,农人们正在耐心地一丝不苟地对秧田进行平田。水稻的平田不同于普通的作物,要求放入浅水,将土地秒平,也就是基本在一个水平面上,所以需要精心平整,马虎不得。待整好地,基本在中旬的时候,插秧开始,也是农人们小小的"忙种",这里也变成了家人们一起体验的乐园。

今天农人还想给大家介绍一群农场小客人——4月份远迁而来的一对春燕,5月初,它们有了4只可爱的小宝宝。如今,它们早已熟悉了农场环境,安心在屋檐下筑建了爱心小窝,每天早上飞进飞出,安静度日。记得4只活泼可爱的小燕子探头伸嘴吱吱地向外界宣告新生的那一刻,在燕窝里蹲坐了近15天的燕子妈妈才动了动。普天下的母亲,都同样伟大。清晨,燕子妈妈飞出去觅食,多了4张嘴,还需要抚育它们尽快长大,让其能够自己飞行,常常是大燕子忙得脚不沾地,可寻找的食物,更是没来得及品尝便口对口喂给小燕子了。挨个喂食后,又转身飞走,寻找下一批食物……

芒种时节,忙并快乐着,累并感动着。

农人感言:机械化的今天,一切都简单化了。

夏至，除草最揪心

2020年6月21日，夏至。进入夏至，一般来说预示着进入伏天，一年中最热的四十天就要到来，而高温给农业带来的挑战是严峻的，杂草、病害，甚至落花、落果等都需要去克服。

今天是6月份的第三个周末，对男人来说是个幸福的日子，朋友圈里多数人在祝福"父亲节快乐"。农人没有回家，儿子还小，作为比较传统的农民，还是比较习惯过端午、中秋这些传统节日，所以也没有给儿子过多灌输这些节日概念。对于农人来说，进入夏至，一般来说预示着进入伏天，一年中最热的四十天就要到来，而高温给农业带来的挑战是严峻的，杂草、病害，甚至落花、落果等都需要去克服。

每年6—10月高温的日子里，除草是农人最揪心的事情，农人知道除草剂有多么严重的危害，所以坚守无除草剂的承诺。月初刚锄过的红薯地、玉米地在6月28日一场足以湿透田间的雨水过后，杂草立马噌噌噌地往上蹿，待田间稍干，农人便安排进行除草。为了提高防治效果，农人们先除根，后用黑色地膜盖上，保墒防草，另一边小型除草机、大型打草机一起开动，以提高除草效率，这一切只为守护安心食材。

杂草，多指对人类活动不利或有害于生产场地的植物，通常指的是非正常栽培的野生植物。可概念也是相对的，比如农场田间，整齐的秋葵行间生长着密密麻麻的马齿苋，由于阻碍了秋葵的生长，需要将其除掉。然而在菜市场或多数饭店里，马齿苋是一种营养丰富、口感酸爽、深受欢迎的菜品。

农人小的时候，春天的麦田里以及夏季的玉米地里，总有好多面条棵、荠荠菜、刺儿菜、苍耳、灰灰菜等野菜、杂草伴随着禾苗一起生长。田间地头，一到时节，大人小孩都在地里拿着锄头锄，或直接用手拔草。尤其是暑假的时候，也正值玉米拔节前，天气闷热，玉米长得快，草长得更快，在父母的再三威逼之下，农人极不情愿地跟在后面，硬着头皮拔草，很多草带刺，草根又大，每天晚上累得手疼……现在想想，也是难得的记忆。因为不知何时起，流行了除草剂，无论什么庄稼，种前背上喷雾器，出苗后再喷一遍，田间干干净净，一直到收都不用担心杂草危害，更不用费时费力地一棵棵清除，农民清闲了。

目前市场上常见的除草剂有盖草能、扑草净、草甘膦、百草枯等，但最有名的除草剂是 2,4-D,《寂静的春天》中这样描述："常用的除草剂主要成分是 2,4-D、2,4,5-T 以及相关的化合物。实验表明，该物质会干扰细胞呼吸作用的基本生理过程，同时会像 X 射线一样破坏染色体……"1995 年 9 月 24 日中央电视台报道，广西一所学校的学生因食用喷洒过剧毒除草剂的白菜，造成 540 人集体农药中毒。

化学除草剂在人体内不断积累，一般短时间内不会出现明显急性中毒症状，但可产生慢性危害，如破坏神经系统的正常功能，干扰人体内激素的平衡，影响男性生育力，产生免疫缺陷症。国际癌症研究机构根据动物实验确证，广泛使用的除草剂具有明显的致癌性。

而为了预防高温带来落花、落果的问题，农人在部分大棚上面盖上了遮阳网，所谓"冬天一片白，夏季一片黑"，说的就是这样的场景，即冬季棚上全身覆白色的薄膜或加盖无纺布，夏季棚上全加盖遮阳网。加盖遮阳网的主要作用是降温，减少棚内太阳直射系数，防止日灼病，防止落花、落果等。同时为了预防高温，农人们真正做到了"日出而作，日落而息"，早上5点来到田间，晚上7点离开地里。

上周周末的夜晚，农人还是有说不出的苦痛，陪伴农人近3年，而陪伴农场5年的小灰离去了……绝食而去，郁郁而去，悄然而去。突然得知消息，农人心里很是叹息，却也佩服它的骨气，更欣赏它保护孩子的勇气，还有它的忠诚！小灰是陪伴农场成长的一只忠诚的狗，因其全身灰色，农人们都叫它小灰，在农场的近2000个日日夜夜，勤勤恳恳，帮忙赶走过偷鱼的，也惊吓过想捉鸡的，更协同值班人员撵走过几伙企图进入农场偷菜的。每天看到小灰，农人心里就踏实。意外发生在上周一，小灰怀孕并产下4只小小灰，它在屋下做窝守护，白天不出来，和孩子们形影不离。一个员工无意间靠近，从不主动伤人的小灰咬了员工一口，它一定是以为员工会伤到它的孩子。负责安全的老杨为了再发生意外，用绳子把小灰拴起来。就这样，失去自由的小灰生气了，绝食抗议，一日，两日，三日，直到倒下……忠诚的小灰带着不甘去了，为了孩子，它是伟大的。

　　在即将过去的6月里，农场新培育的2000只柴鸡苗正悄然长大，今年开发的珍贵食用菌——黑皮鸡枞菇也从月初开始陆续长出……上半年即将过去，下半年开始启动，守护自然的味道，丰富家人的食材，农人一直在努力。

　　农人感言：坚守无除草剂承诺，只为食材放心。

小暑慢生活

2018年7月7日,小暑。忙了一日的农人,急急洗去满身的汗水,之后通常会走走,转转,看看,放下琐碎杂事,带着静静的心,感受农场夏夜的美。

入伏以来,高温持续肆虐,白日炽烈的阳光照在身上,火辣辣的热带着刺痛,走在外面,哪怕是站在路上,热气也是"嗖"的一下瞬间顺着裤脚蹿到脖子上,直到头顶,然后到身上的每一个毛孔,大汗这个时候通常是毫不吝啬一起上阵。是的,这个时间的午后,户外基本见不到人的,人们多在空调房间里吹着冷风,吃着冷饮,也有人在睡着午觉。一直到阳光慢慢退去,晚上才稍稍好转,偶尔杨树轻摇,带来微微夹着热气的晚风,吹在身上,没有了直射的阳光怎样都觉着清爽。

忙了一日的农人,急急洗去满身的汗水,之后通常会走走,转转,看看,放下琐碎杂事,带着静静的心,感受夏夜的美。

农场夏日的夜,没有城里的车水马龙,没有都市的灯火通明,更没有闹市的嘈杂喧嚣,却拥有乡下独有的丰富多彩。从4月份开始的蛙声或远或近此起彼伏,不知疲倦,与蟋蟀"吱吱"或蝈蝈清脆的高高低低的声响交相呼应;北边乡村道路断续往来的车辆呼啸而过引起偶尔几声狗吠,在旷野里显得格外响亮;西边鱼塘里几尾鲤鱼扑通跳跃的声音映衬夜间低沉的几声鸟叫,一起交织成乡间农场夜晚的多彩乐章。点点灯光下,夜蛾、金龟子等上下飞舞,引来好多蜘蛛、壁虎,稍远处昏暗的田间,高高低低、忽闪忽闪的萤火虫飘忽飞翔。蛙鸣蝈叫,蛾舞萤飞,夜晚的农场,处处生趣,满满祥和,丰富中带着宁静。

　　想起清晨走在田间,看到好多花朵中的蜜蜂,以及随处可见的飞鸟,空中盘旋的蜻蜓,还有处处飞舞的蝴蝶,稻草人农场,除了给大家提供新鲜、安全、优质的蔬果,也正呈现一个蜂嗡蛙鸣的自然乐园。没有喧嚣的繁华的城市生活,静下心来,享受这静怡的乡村生活,真的挺好的。有机提倡遵循自然,提倡慢生活,不正是这样吗?记得台湾作家蒋勋说:"如果真的是大国崛起,必须有最笃定的自信,不去做场面上的东西,而是回到最小的事情,慢慢做,不一定要那么快。"就像农人现在的节奏,不紧不慢地做着该做的事。农业的事急不来,也取不得半点巧。只守一个"拙"字,是正道。

　　农人感言:在这个蜂嗡蛙鸣的田间乐园,守"拙",是正道。

大暑，农场被淹

2021年7月22日，大暑。按说农人该高兴，出太阳了，洪水该退了，排水沟渠也疏通了，但农人却一点也高兴不起来。那些浸泡在水中近三天三夜的蔬果，再也无法缓过来了，农人难过、自责、无奈。

暴雨

大暴雨

特大暴雨

持续特大暴雨

数十年特大暴雨

千年不遇特大暴雨

自7月20日傍晚5时开始，河南成为全国强降雨中心，郑州暴雨刷屏，在这个信息发达的时代，更是连上数个热搜，牵动着国人的心⋯⋯这一天，郑州市多个国家级气象观测站日降雨量突破有气象记录以来历史极值。据中央气象台消息，20日16时至17时，郑州1小时内降雨量达到201.9毫米。1小时200多毫米降雨量是什么概念？根据往年平均数据，北京全年降雨量500多毫米，郑州7月整个月平均降雨量才146.2毫米。20日，郑州1小时下了超过当地往年1个月的雨，也下了北京往年近半年的雨。很多人没有概念，于是有人进行换算，有了网上的"换句话说,1小时内就有150个西湖被倒进了郑州"。最关键的是,这仅仅是1个小时的量,其实150个西湖到底是什么概念,农人也比较模糊,只知道,应该很大吧,仅仅是1个小时啊。

滂沱大雨,持续大雨,特大暴雨,罕见大雨,在19日已经开始有迹象,就这么一直下,到21日转小,但暴雨已经带来了洪水,带来了灾难,整个城市陷入一片汪洋,郑州在自救,国人在祈祷。农场也没有幸免,而且受创更深:两面被大堤包围,上面雨水直接冲刷下来,一面环乡公路地势也高,整个处于凹地的农场完全被水淹没。灾难面前,农人感觉力不从心,无奈,渺小,但农人从未放弃努力。

农人相信技术,更相信科学,在前几天就通过气象预报了解到会有大雨甚至是暴雨,所以是做了准备的。具体的措施是:首先,把所有的沟渠进行了疏通,主路两边沟渠、侧路边上的沟渠等都进行了清理,还清理了管道内的淤泥;其次,对种植区域的部分作物田间增加了沟渠,以利于排水;再次,对果树区地头增挖排水沟,因为在经常干旱的北方,尤其是夏季,缺水是经常发生的事,所以之前地头基本没有排水沟。没想到暴雨远比想象的大,暴雨给了农人一个大大的教训(在巨大的自然灾害面前,宽20cm深、30cm的排水沟显然是太小太小了)!

其实,7月19日,农人便开始安排对沟渠内及部分积水区域进行抽水,以减少地头存水量,可是地块面积太大,下雨速度远远大于抽水速度。20日的雨更大,21日继续下……在雨水中,考虑到安全,农人安排年长者休息,自己带领一部分年轻人寻找合适的排水路线,联系挖机,需要破公路;协调镇上,需要动干渠;再与河务沟通……就这样,断断续续,直到22日凌晨3点挖了两条近300m的排水沟。一条主保设施,农场的60栋832大棚及10栋自动储热日光温室价值300多万元的设施完好无损,办公、冷库、包装设备等也未损丝毫;一条主保养殖区域80头散养黑猪、近3000只散养鸡、30头羊及鸭鹅等,价值200万元的养殖设施及部分梨树、葡萄树基本完好。

  22日,大暑。大雨停止,太阳出现在天空。按说农人该高兴,出太阳了,雨水该结束了,排水沟渠疏通了,但农人却一点也高兴不起来。经过半夜的排灌,农场整个水位降低了大概30cm,养殖区散养鸡地面已经裸露出来了,可是浸泡在水中近三天三夜的部分蔬果,再也无法缓过来了。那些刚刚成长的小青菜、鸡毛菜、生菜,那些花开正好的黄瓜、彩虹西瓜、樱桃番茄、彩椒,那些正在膨大结果的花生、红薯、樱桃萝卜啊!冷棚里有近20cm的积水,泥泞一片;果树园里有积水,整个农场看起来淤泥一片……这个几天前还齐齐整整、美丽可爱的花园农场,一下子变成了泥泞汪洋,农人辛辛苦苦种下的已经马上要采收的蔬果浸泡在水里腐烂发臭,农人难过、自责、无奈。可是,农人也知道相对于固定投资温室、冷库等设施,相对于价值更大且易传染疾病的养殖类,这些生长期较短立刻能再播种、再发芽的蔬果可惜了,然而,也是没有办法的,根系缺氧,救不了了。在自然灾害面前,农人要做的,是结合实际情况优先确保必须确保的,舍弃该舍弃的,在尽可能的情况下把损失降到最小。

  十点多的时候,村支书电话通知东干渠排水沟处裂开,农人赶到一看,从农场里排出的水太过迅猛,从里面将水泥板冲裂,如不处理,干渠会塌方。事出紧急,农人赶忙召集人手,带上铁锹拿上棒棒锤,计划用最笨的方法先把水泥板砸破,就这样随着"咚、咚"的响声,一块块厚重的水泥块慢慢掉落……水泥板逐渐破碎,水慢慢从破损的洞口流过,农人也缓过一口气。灾后排水工作在持续,灾后重建工作任重道远。果蔬采摘区,部分一线人员一边排水,一边将死亡腐烂的黄瓜秧拔掉,胡萝卜地里积水 30cm,抽水机吼吼地叫着,农人知道,排水需要时间,降水需要时间,清秧需要时间,与时间赛跑,一个月后,两个月后,相信,这里将又是绿意盎然,生机勃勃!

在这个特殊的日子,唯愿一切安好。

农人感言:自然灾害面前,我们无奈,渺小,力不从心,但我们从未放弃努力。

立秋，收获有机证书

2021年8月7日，立秋，二十四节气中第13个节气，秋季的第一个节气。在这个丰收的日子里，农人收获了有机认证证书，算是对农人在稻草人农场从拓荒到坚守有机的一种认可。

秋季最明显的变化，是草木的叶子从繁茂的绿色变黄，并开始飘落，庄稼则开始成熟。立秋是古时"四时八节"之一，民间有祭祀土地神、庆祝丰收的习俗。然而今年，对于经历了"7·20"水灾的郑州，对于经历了疫情考验的郑州，真的是无心庆祝。农场一样，自7月底以来，各种蔬果受到影响，淹死了一部分黄瓜、番茄、叶菜类等，损失了约10万斤的产量；田间蔬果品类一下少了好多，而结合原本就有夏季的"伏缺"（即每年七八月份高温季节，春茬茄果类、甘蓝类等蔬果采收结束，耐热类果菜品类少，秋茬蔬菜刚刚播种），8月份迟迟无法跟上供应。暴雨、大风等极端天气导致播种困难，这多雨的天气，叫人如何庆祝，又该如何丰收呢？

一个快递，一个迟来的证书，一个转换了24个月的有机证书，让农人觉得2021年的立秋节气有了一丝节日的味道。这意外之喜，在8月7日下午由农场门卫转到农人手中，尽管能够猜到，打开的一刻，还是兴奋、激动、感激。证书发证日期显示为8月2日，巧合的是在这个丰收的日子里,农人收获了有机认证证书,算是对农人在稻草人农场从拓荒到坚守有机的一种认可。想想近两年流下的汗水,一切都是值得的。

  农场于2019年6月1日签订合同,农人于5月初就来到了农场。此农场是上一家企业经营了3年因方向性原因放弃的,并且通过了有机认证,所以土壤、生物保持良好,飞鸟在天空盘旋,野兔在地里来回穿越。只是经过一年多的荒废,肥沃的田间长满了比人高的杂草,之前投入的大棚也因长久不用锈迹斑斑,门口的临时房屋看起来随时有倒塌的危险。园区机耕道路大多已经损坏,用于储水的水罐更是坏得无法使用,电路因为没人也暂时切断,500亩的园区围墙早已被过路村民拆卸……没有路,没有水,没有电,没有生机,但有一个三面环黄河大堤的好农场,有一块改良好的土地,还有农人做好有机农业的决心……

  拓荒,种植,不误农时的种植,按照有机方式管理,这是最基本的原则,也是迫在眉睫的事情。5月份,很多作物果菜类播种季节赶不上了,看着什么也没有的地块,农人感到了极大的压力。在简单找了一个集装箱窝窝住下后,农人到村里找来4台大机械先把杂草粉碎,土地旋耕,同时到各个地块转转,认真测量,以熟悉每个地块特性。做了多年农业,农人知道,只有了解每个地块的特性,才能更好地安排每个地块种植的作物。草太高,地太干,碎草机在地里只能看到浓烟滚滚,效率高不起来。农人挑选近100亩的地块,集中整理,用了半个月时间。其间,农人请电工将电接好,水罐修好4个勉强可用。在夏季,没有水对于种地来说是万万不行的。水电基本到位后,农人才安排将老农场准备好的腐熟羊粪拉过来撒施,当看到这些有机肥,当地农民无不笑话农人:"哎啊,你这个大学生,懂不懂啊,这些臭烘烘的羊屎粪也没有个肥力劲,街上买两袋尿素一撒多省劲。"农人笑笑说:"确实没劲,但对地好。"然后,又从老农场运来了老南瓜苗、冬瓜苗、丝瓜苗、秋葵苗等,进行移栽,5月底的几天,看天气预报知道要下雨,农人又抓紧安排做畦,购买红薯苗,然后在雨天前扦插红薯20亩。就这样整整近一个月的时间,从荒地整理开始,农人种植了近100亩地,12个品种,按有机方式种植、管理。

此后的几个月时间里,农人一边种植,一边修建围墙,完整的农场必须是边界清晰的,同时修建大棚,招收技术人员,为秋季种植做准备。还根据地形,结合整体与规划部门共同进行规划。到8月份的时候,整个农场完成种植300多亩,看起来绿意盎然,一片生机。当然夏季做有机,尤其对于荒了一年多的新地来说除草是最难的事,往往是前面的草还没有拔完,后面的草又长起来了,滋生的还有不用化学制剂的心。面对日益难除的杂草,田间的一线工人又抱怨起来了:为啥不喷除草剂?多省力,又快!咱这天天蹲在地里,累死了,咋也除不完。沟渠里为啥也不能用?又不种菜!农人当然知道除草剂省力,农人也知道沟渠不种菜,可是农人更知道,有机生产禁止一切化学合成的物质,意思是一切化学合成物质是不允许在农场里出现的。夏季杂草多,难除,就想办法除,用碎草机、割草机,盖地膜,部分高秆作物加大行距,让小型拖拉机进去旋耕除草,再结合人工除草等多种方式,松土除草本来也是促进根系生长的一种方式,一定要坚持。在农人刻板执意的坚持下,所有的一线操作工人放弃了抱怨,一起努力,播种,浇水,除草,管理。10月份,在各类蔬果丰收的季节,农人迎来有机认证机构现场检查,南京国环认证检查老师现场对各个地块进行查看、作物取样,记录结果。最终,农场顺利通过认证,取得有机转换证书。

很多人总说如今环境这么差,如何能做有机,农人想说,不是环境差无法做有机,有机是要在一个环境相对良好的地方,附近没有工业的地方,符合相关国家标准的地方进行,考虑到安全性,需要有转换期。另外,做有机最主要的要求是诚信,即说到做到,这也是农人的原则。坚守诚信原则,农人获得了最大的回报——瞧,立秋,这有机证书,还有那自然的味道。

农人感言:做有机最主要的要求是诚信。

处暑，想念笑天

2021年8月23日，处暑。今天，突然想到《此间的少年》中的一段话：那一个接一个的人走进我们生命，与我们并肩而行，渐行渐远，再然后，便是决绝与遗忘。当你懂得这些的时候，就预示着你已开始长大，学会在生活和沉默之中藏起自己的心事，习惯了在回忆里辗转反侧。直到有一天，你会发现这一切都是命运的安排，不可更改。

今天，农人又想到了在心底挥之不去，记忆中永远无法抹去，梦中经常出现的少年，是的，只能是在记忆中，或是梦中出现的少年。你曾走进我们的生命，却在最美好的年华，在本该加入南航成为一名飞行员的时候，离开了我们。在母亲节的前三天，离开了最疼爱你的母亲。或许这一切都是命运的安排，任谁都无法更改。

少年只有18岁，是农人的外甥，名字叫笑天，与农人一样自小生活在农村，继承了农村人的纯朴、勤劳、懂事，也知道唯有好好学习是报答父母最好的途径。事实上，笑天也确实做到了，从小学到高中考试都是名列前茅，高三如愿分到了特优班，并且由于表现优异，还担任班干部，深受老师和同学喜欢。2019年底南航到学校招收飞行员，笑天报名参加，经过层层筛选，面试，体检，报名100人留下3人，有笑天。笑天高兴，全家人高兴，全校师生高兴。

命运似乎总是会开玩笑，并且是在看起来最不应该的时候，比如对笑天。2020年春节，突如其来的疫情打破了所有人的生活节奏，居家，慢下来，成为生活的主旋律。学生在家，上网课则成了日常，高三的孩子更是没有耽误课程，早早到了课堂。3月份的一天，笑天突然说肚子痛，姐姐没当回事，家人也都认为是小事。到3月底，笑天又说肚子痛得难受，胀痛，学校又不让外出，只能送点止疼药到学校，结果没用。4月初的一天夜里，笑天肚子胀大，无法行走，老师感觉不对打电话给姐姐，送到县医院，医院诊断觉得困难，推荐到省医院，此时全家人忐忑不安，但还是觉得不是什么大病，毕竟招飞都检查过了，是啊，招飞体检都通过了啊。可是，很多事情都有可是，农人不会忘记2020年4月26日，这一天，少年笑天做过了整整一天的各种检查、化验，被确诊为胃癌，还是晚期。为什么，为什么，为什么，无语问苍天，农人只记得，在炎热的人声鼎沸车流不息的省人民医院的大楼下面，坐着两个无助的外乡人，高大的少年双手抱着头无神地看着过往的行人，农人的姐姐默默坐在他的旁边……

整个过程中，最让人感动的是，农人看到并感受到浓浓的亲情、友情、同学情和爱心，也正是这些能量支撑着少年笑天坚强地走下去。平时勤劳、寡言的姐夫只说了一句话："一定要想法治病！"五一放假期间，笑天远在外地的大伯、三伯、姑妈，农人的哥哥、妹妹，从小一起长大的几个表兄妹都来了，笑天经历了手术，精神好了些，坐着轮椅和亲人们一起吃饭。假期几天，亲人一起，谈笑融融，暂时忘掉了痛苦。许多同学也来看望，笑天很是开心，他想，其实病痛不算什么，或许在科技发达的时代，在这么好的医院，有这么好的医生，他的病一定能治好。事实上，医院的医生确实给了笑天无微不至的关爱，看到他这么年少，这么懂事，护士、医生总是特别照顾，还送书给他看，希望他能振作。笑天的学校更是在得知其生病后，组织了义捐，好多陌生人进行捐款，感动在笑天的心里滋生，也在农人心里滋生。

农人知道，癌症一般是短疗程化疗。一个疗程结束后，需要休息一段时间。休息的时候笑天想到农人的农场看看，因为他从小就知道农人在守护自然的味道，他还想看看黄河。于是，在2020年7月的时候，笑天在农人姐姐的陪同下，带着弟弟，一起来到农场，看到了农人一直用心守护的各类自然作物，品尝了自己采摘的新鲜水果玉米，抱了抱可爱的小山羊，在人人都爱走的碎石路上慢慢散步，午后登上黄河大堤，静静地看着奔腾远去的黄河，还与农人合了影……

治疗的过程是痛苦的，未经历的永远无法体会。农人知道，笑天开始体重近150斤，到2021年4月份的时候只剩50多斤，看上去只有皮和骨头了，轻飘飘的，仿佛一阵风就能把他吹走。4月的最后一个周末，姐姐告诉农人感觉笑天撑不过多久了。近一年的时间，笑天受的痛苦、姐姐受的折磨瞬间涌现在眼前，农人突然觉得，离去何尝不是一种解脱？农人知道笑天喜欢农场最新鲜、最生态、最纯真的味道，早晨急急忙忙采摘了手指胡萝卜、樱桃萝卜、水果黄瓜、即将下市的草莓，还摘了刚刚上市的几个樱桃小番茄。笑天不想见人，或许是意识到状态不好，多半时间是半睡半醒，可意识是清醒的。见到农人，他费力地睁眼笑了笑。笑天已无法进食，可强烈的求生欲望让他想尝遍农人带去的食物，他兴奋得像个孩童。那一刻，农人好想流泪，立刻给他榨汁，他只能浅尝辄止。笑天也无法大声说话，只言片语透露出对世界的无限留恋。

今日处暑,不清楚远在天堂的笑天可好。而恰好又是笑天离开头七后的百天,很多时候,我们都有惦记百天的习惯。小孩子出生百天,大人习惯带着全家照相,留作纪念;某个项目距离交付来个百日冲刺,挂个 100 日倒计时;百日业绩纪念……逝去的人,是否有人进行百日纪念?记得你说过当初的墓地选在家门口,是为了方便外婆外公随时可以看看你,照顾你,妈妈回去方便。农人也回去看过几次,那里确实如你所说,如你所想,如你所愿,已经种满鲜花,你的妈妈每周都会回去看看,外婆更是有好吃的都会送些过去。农人每次都会听见两只阳雀鹰鹃在山边幽幽地鸣叫,一唱一和,唱音清丽,它们在为少年歌唱。

农人感言:他从小就知道农人在守护自然的味道,他还想看看黄河。

白露，应对"伏缺"

2018年9月8日，白露。春茬结束，秋茬开始播种，尚无法采收，"伏缺"季节到来，这对顺时而作、应季而种的稻草人农场，是极大的考验。

时令已到白露，根据节气说，暑气渐消，夏季风逐步被冬季风所代替，冷空气南下逐渐频繁，有"白露秋分夜，一夜凉一夜"之说。可事实上，就目前来看，还是夏季热空气占据上风，没有一点降温的迹象。午后三点多的时候，行走在田间，依然是热浪滚滚，农场忠实的白狗——小边不紧不慢地跟在农人身后，不知何时停下脚步，伸长脖子在刚浇过水的菜地旁尽情地饮水解渴、降温。北方有"秋老虎"一说，秋天已经过去好久了，却依然炎热，只是早晚感到稍稍凉爽，天空倒变得美丽，"秋高气爽"用在此时是再合适不过了。

田间仍然是最忙的时节，为了让家人们品尝最新鲜的蔬果，农人还是选择在清晨趁着少许的露水采摘、包装，然后在晚上做晚饭之前送到家里。下午分批对各类蔬果进行除/拔草、轮流浇水仍然是不可缺少的农事，同时又多了秋播，秋季的各类叶菜，茄果类、根茎类、甘蓝类等蔬菜均要求在这个月播种/移栽完毕，所谓不误农时正是这样。事实上，播种的很多喜凉类蔬菜因高温及太阳照射，发芽率不高，导致产品生长困难,比如生菜、芹菜、菠菜等。秋播的土豆、白菜、甘蓝、花菜、番茄、辣椒等菜需到 10 月份以后上市采收,春季的茄果类、甘蓝类则多在 7 月份清茬结束,"伏缺"便由此而来。

伏缺在供应上主要是指夏季(伏天)菜少的季节(缺,少),叶菜、果菜产品品种减少,产量下降(因生长、气候、品质原因导致),供不应求。生产上,伏缺季节正是春茬结束,秋茬播种的时候,尚无法采收。

对于顺时而作、应季而种的稻草人农场,伏缺是极大的考验。播种叶菜的时候,为了提高成活率,提前催芽,播种后喷水、盖遮阳网等都是必不可少的措施,即使如此,田间生长还不能令人满意。而在采收配菜中,产品产量下降、品种减少也会造成配菜过程中长期产品过于单一,且因病虫草害及温差小的原因,导致产品品质下降,使得农人内心很不安。坚守了自然慢生长,必然会有一些是需要舍弃的,农人仅愿每一位食用稻草人蔬果的家人能够理解。舍弃农药,舍弃除草剂,舍弃激素,守住安全,守住健康,守住新鲜,有舍才有得。

最新的天气预报显示气温两天后下降,且伴有连续秋雨,对于农人来说,这是非常令人欣喜的事情,终于可以不用担心蔬菜发芽不好,也不用再天天派几个人轮流浇水了。可更加头疼的事情也随之而来,台风——温比亚,非常罕见地影响到这里,暴风伴暴雨,高秆作物倒伏如何是好?田间作物被淹该怎么办?每日采摘如何进行……一件件事情考验着农人。农人就是这样,很多时候不得不面对自然界的各种挑战,提前预防,坦然面对,一切都会好起来,加油!

农人感言:坚守自然慢生长,必然会有舍弃。

秋分，迎来新生命

2021年9月23日，秋分。中国农民丰收节。今天上午10点40分，农场传来了好的消息：养殖区精心呵护的羊驼生了一只小公主。

今日秋分，二十四节气中的第十六个节气，对于农人来说也是意义非凡的一天，因为自2018年起，国家将每年秋分设立为"中国农民丰收节"，农民、农人，有了自己的节日。

2021年农民的节日里，经历了"7·20"水灾，地里的玉米是耐淹的，多数成活了下来，大大的玉米棒子显示着旺盛的生命力，八九月份又历经了连续几场大雨的袭击，它们依然坚强地活着。可是玉米地里还存着齐膝盖深的水，收割机是进不去了，对于习惯了机械收割的人们来说，突然换成手工掰玉米，似乎一下子变得陌生了起来，变得不适应，尤其是还要在泥泞的玉米地里扛着几十斤的袋子来回奔走，收获变成了负担。天气预报显示24日到28日又将是连续5天的雨天模式，成熟的玉米不收，或许会发霉，地里的雨水泥泞也不会减少，丰收对于现实的农民来说多么艰难啊，能收多少算多少吧。看着近两人高的玉米秆，突然觉得心痛，满头银发的农民拿着袋子几乎看不到人，泥土里还有好多烦人的马蟥，一天下来才有不到半亩地的收成，有些无奈，有些心酸，累得无语。面对极端突发灾害性天气，农人努力了。尽管农人全力去抽水、排水，想法采收，结果依然无法令人满意，那就顺其自然吧。

上午10点40分的时候，农场传来了好的消息，养殖区精心呵护的羊驼生了一只小公主。说起来小生命的降生对农人也是考验，羊驼性情温顺，长相可爱，样子呆萌，非常受游客尤其是小朋友喜爱，今年5月份到山东尝试着买回来，算是农场的新物种，一边摸索一边学习养殖。羊驼对饲养环境要求较高，喜干净、通风的地方，尤其怕高温，所以农人单独为它安装了一个加湿风扇降温通风。通常羊驼怀孕要11.5个月，农人比较幸运，可能是这个羊驼在购买的时候已经是孕期了，在月初的时候，已经发现有涨奶的现象，还好气候比较凉爽，近几天更是每小时观察一次，生怕出了问题。没有接生经验，就按山羊的接生经验，选择通风良好的禽舍，在下面垫上护垫，简单消毒处理，好的是小羊驼全程顺利生产并没有为难农人。大大的脑袋昂扬着，大大的眼睛乌黑明亮，一身湿茸茸黄软软的毛发的小羊驼乍一问世就向农人展示了羊驼的呆萌，让农人充满了惊喜。虽然刚刚生下来，但是它还是慢悠悠地想站起来，可终究是起不来，农人吓坏了，赶忙用毯子垫着做了简易的窝让它先卧着，小公主也继承了温顺的秉性，乖乖地卧着，它明亮的大眼睛随着脑袋移动，好奇地看着周围的一切。一切都是新鲜的，新的生命，新的活力，新的希望！

稻穗已经泛黄，沉甸甸的穗头随微风向每一个过往的行人点头问好，显示着成熟，更彰显礼仪。细细算来，自5月初播种开始，到6月份的雨天插秧，再到8月份开出朵朵白色的花，慢慢孕穗，逐渐成熟，历经蜕变，水稻带给农人无限欢乐。白天看着齐整的秧田心里有说不出的舒畅，如果再看到成群的水鸟或白鹭飞过更是心旷神怡，或是听到一群

"嘎嘎"的稻田鸭游过平添不少欢乐。傍晚或是雨后,此起彼伏的蛙鸣交相呼应,连绵不绝。这田间奏鸣曲,自然,动听,和谐。

秋分,"分"即"平分""半"的意思,除了指昼夜平分外,还有一层意思是平分了秋季。秋分之后,太阳光直射位置南移,北半球昼短夜长,昼夜温差加大,气温逐日下降。农人也知道,"一场秋雨一场寒",或许自明日连绵的秋雨后,天气就该冷下来了,冷凉气候来临,时令的节拍很紧,来不得半点马虎,农人祈祷天气尽快好起来,好让农民尽快收获,尽快播种。

农人感言:时令的节拍很紧,来不得半点马虎。

寒露，果树的错觉

2021年10月8日，寒露。不寻常的天气改变了以往的劳动方式，也增加了平常的劳动负担，更改变了当地普遍的种植规律。往年的这个时候，地里的大蒜都已经种上并发芽了，小麦也已播种该绿油油一片了。

劳动的欢喜可以治愈一切是最开心的源泉。自然的接触是陪伴家人最美好的归属。最美好的时节里，带着家人，来到农场，回归田园，正成为多数人的一种生活……这个十一假期印证了这段文字中的说法。如果不是下了几天雨，农人会更忙一些。假期最后一天秋雨稍稍停歇，人们便再一次蜂拥而来，他们的理由很简单："这里空气好，就是向往的田园。""有好吃的。""我听朋友说比较好，专门带小孩过来体验，确实不错，能摸鱼、捡鸡蛋，地锅鸡好吃。""能拍照，还有烤红薯，特别香，就是小时候的那种感觉。"……看着一张张开心、幸福的笑脸，农人再忙，心里也是欣慰的。

10月8日，假期结束了，大人们信心满满地投入工作，小朋友们也回到了学校，农场暂时恢复了恬静。农人把更多精力投入农事管理中，庄稼、品质才是一切的根本。虽然假期几天大部分一线技术管理人员、操作人员坚守岗位，按计划种植、操作，农人也看到草莓松土、开花，每日都会转转，但精力没有完全投入，总感觉不是很踏实。做任何事情，全身心投入才能收获硕果,农业如此,其他事情也如此。

今日寒露,秋季倒数第二个节气,俗语说:"不怕霜降霜,就怕寒露寒。"前几天降雨降温,加上大风,气温在10℃左右,农人都已经穿上了秋裤,街上甚至有人穿起了羽绒服。结合从夏季持续到秋季的连绵阴雨,好多田间成熟的玉米还没有采收,主要是水太深,无法下地,部分农民实在等不及,脱了鞋子卷起裤腿跳进半腿深的泥地里,一穗一穗掰,再一袋一袋艰难地往田头扛。不寻常的天气改变了以往的劳动方式,也增加了劳动负担,更改变了当地普遍的种植规律。往年的这个时候,地里的大蒜都已经种上并发芽了,小麦也已播种该绿油油一片了。

不停变化的天气,忽高忽低的温度,最先产生反应的倒是农场的部分果树,是的,果树区的一些果树率先产生了错觉,误把秋日当成了春天,以本能的反应发出了自然的不自然反应。去年移栽的梨树点缀着开起了朵朵白色小花,在太阳下格外耀眼;鸡舍旁才落叶的核桃树悄然萌发了嫩嫩的新芽,映衬着高远的蓝天;就连春天新栽的几棵杏树也不甘落后,在枝头偷偷挂上嫩叶向人们昭示着新生。

5月播种的水稻,历经7月洪水洗礼,依然完好,在秋风中散发出阵阵稻香;金黄色的稻浪里,有几个穿着民族服装的漂亮姑娘正怡然自得地摆拍各种照片,想是难得遇到这么好的美景吧,看到农人,微微一笑,这也是农人所喜欢的,生活本该如此,彼此报以一笑,真好。

农人感言:全身心投入才能收获硕果,农业如此,其他事情也如此。

霜降，迎接新挑战

2019年10月23日，霜降。5月份农人播种下的花生、玉米、秋葵、冬瓜已经开始收获，秋季的大蒜、小麦等即将播种，农人忙碌着，欢呼着，迎接新的挑战。

2019年10月，农人迎来一次整体搬迁，即新的农场不再是农人一个人孤军奋战，其他农人全部从老农场转移过来，虽然还是在建设中，但一切按照规划进行，朝着梦想前进，农人信心满满，心在燃烧。同时，5月份农人播种下的花生、玉米、秋葵、冬瓜已经开始收获，秋季的大蒜、小麦等即将播种，农人忙碌着，欢呼着，迎接新的挑战。

农人迎接的第一个挑战就是保护产品。近500亩的园区，围网没有搭建好，大门没有建成，监控系统没有安装好，可里面种植的作物日渐增多，草莓再过两个月也就是12月份上市，还有少量从老场迁来的散养柴鸡和山羊，如何保证安全？经过反复讨论、实地勘察以及对工程进度的评估，最终决定，围网安装的地方及安全可控部分共2600米划分等级，重点区域，重点监控，租赁集装箱住人，夜晚巡视，保护家园，保护农人们辛辛苦苦的劳动果实。

收获的季节，农人自然是最欢乐的。这个最好的季节，对于做有机生产的农人来说，也是现场检查的好时候。这个10月，农人还迎来了有机行业起步最早、最具权威的南京国环有机产品认证中心有限公司高级认证检查员对农场进行现场检查。通过对农场每个地块认真查看，作物随机取样（后封样带回抽检），以及对各个文件可追溯记录查看、仓库查看等，检查员张老师对农场现场满意，这意味着农场基本通过现场检查。农人知道，有机道路的坚持，很难，但是一切为了安全、健康，再难也值得。

　　在农人印象里，传统收花生就是纯粹的人工挖取，晾晒之后，一家人围坐在一起摘花生，这也是一种温暖的回忆；剥蒜更是一个一个抠得手疼；至于收玉米，就更辛苦啦。如今，多是机械化了，为了提高效率，田间也用机械操作，包括收花生、摘花生、剥大蒜、收玉米……十几亩的花生一下午一个人，晾晒一天，然后又是一下午两个人，在机器轰鸣中将花生秧与花生成功分开，效率极大提升；剥蒜也是如此，种植1亩用种300斤，剥起来很费工，农场计划种10亩地，剥蒜机两个小时轻松搞定；收玉米就更加快捷了，连玉米秸秆一起粉碎。农人感叹科技进步带来的便利与高效，同时结合农场的实际安排着各种农事，准备田间做畦、仓库等，以便播种存储。

　　6月初播种的水稻，这时候也已经抽穗，正开始转色，按照当地的习惯本该收割了，只是今年农人过来晚了几天，整地又耽误了一些日子，只能期盼再能暖和10天的时间，让农人的稻子顺利成长。

　　是的，今日霜降，秋日最后一个节气，也意味着冬日的开始。中原的天气依然温暖，农人的心更加温暖，为丰收，为希望，为梦想！

　　农人感言：收获的季节是有机生产现场检查的好时候。

立冬，准备冬藏

2021年11月7日，立冬。季节正以该有的方式影响着大地，比如这晴日早晨覆盖田间的薄薄的一层白霜，阳光照耀的地方看似没有，枯萎的菜叶、打黄的萝卜缨子均告诉着农人，是时候了，该收获了。

《月令七十二候集解》说："立，建始也。"又说："冬，终也，万物收藏也。"这个时候，东北、西北早已开始下雪，而中原大地往往还没有正式入冬，中午照样暖和，只是早晚温差加大。农场地处郊区，相对于繁华的市区，白天同样阳光高照，感觉暖洋洋的，只是早晚开始变得冷凉，季节正以该有的方式影响着大地，比如这晴日早晨覆盖田间的薄薄的一层白霜，阳光照耀的地方看似没有，枯萎的菜叶、打黄的萝卜缨子均告诉着农人，是时候了，该收获了。

农人似乎永不停歇，虽说这个时候田间杂草多已枯萎，露地作物也所剩不多，水稻在10月中已经收过，前几日急急忙忙播下了油菜，只待来年春季又是一片金灿灿供家人们欣赏；9月份播种的萝卜基本长大，趁着下了几天的霜，看预报要降温到0℃以下，地里农人们正在忙着采收、挑拣，好的计划窖藏，以保水保鲜，留的一部分之前出货了，萝卜缨直接收起来放到餐厅可以做成咸菜或其他菜肴。

春季新种的3亩甘蔗，还剩部分矗立在田间。甘蔗自3月中旬移栽，经历了"7·20"洪水，从10月份开始采摘就很受家人们欢迎。或许是肥力不足（有机肥）及有效积温过少的缘故，农场种的甘蔗节间不够长，过短，农人对每一个体验采摘甘蔗的家人都会抱歉说明，令农人欣喜的是，每一个品尝过的家人都夸奖甘蔗甜、味道纯。这也是对农人最高的赞赏，不过农人打心底觉得，下次再种，一定要种得更好。

西边是最受欢迎的一块块私家菜园，上面依然搭起了小拱棚，并盖上了塑料薄膜，农人知道随着温度越来越低，为了给每一个"私享地主"提供最好的蔬果，需要保暖。没有温度，小蔬果要冻坏的。

北边新引进的彩色小麦，在10月底播种，经过近20天的坚强生长，均生根发芽，长高5cm以上了，整整齐齐，小苗透着绿色、红色、紫色，显示着不同，更展现着科技。农人第一次见的时候，就被它起大穗、粗秆、高营养、宜观赏等特点吸引，其实大穗、高秆就是高产，高营养符合现代消费观念，宜观赏则基本与园区特点接近又不影响产量，完全符合引进的要求。

8月底移栽的草莓，长势良好，都已经开花，部分开始坐果，再走近看，冬日里已经有鲜红的成熟草莓，虽不多但也算是早的了。为了保证良品率，农人每棚都放置蜜蜂进行授粉。气象信息显示，年底到次年初会有极限低温，农人考虑草莓花蕾害怕冻害，专门在棚里增加二层棚，并在二层膜上增加棉毡，以做好预防。农业就是这样，很多时候必须结合气象信息，提前采取预防措施，确保万无一失，容不得半点马虎。

"嘎嘎、嘎嘎、嘎嘎……"伴随着像鸭子叫声一样的鸣叫越来越近，农人忽然醒悟，对，应是大雁飞过。急忙抬头望天，果然，一群大雁正浩浩荡荡有序列队从头顶飞过，它们不时变换队形，声音正是它们发出的。看着由远及近，再逐渐远去的雁群，农人不由得羡慕，我们常常说团队配合，其实大雁做得最好。先说大雁飞行是排成"人"字形或"一"字形，是因为它们整天在飞，单靠一只大雁的力量是不够的，必须互相帮助，才能飞得快飞得远。大雁排成整齐的"人"字形或"一"字形，也是一种集群本能的表现。因为这样有利于防御敌害。雁群总是由有经验的老雁当"队长"，队长飞在队伍的前面。在飞行中，带队的大雁体力消耗得很厉害，因而它常与别的大雁交换位置。幼鸟和体弱的鸟，大都插在队伍的中间，这也是它们经常变换队形的原因。

近处的地块里，几个农人在种植洋葱，有人拿苗，有人挖穴，有人摆苗，有人栽种，虽然简单却也配合默契，当然为了能够让每棵苗都能成活，栽种的还要尽快浇水，这需要大家一起努力。想想也释然了，大雁有其高超的团队配合，农人们也有简单的配合，在日常的农事中，在烦琐的小事中处处可见。是的，农业贵在踏实。

农人感言：农业贵在踏实。

小雪,浓霜上菜叶

2018年11月22日,小雪。当窗外一缕阳光照耀大地并通过窗缝透进来时,农人悬着的心一下子踏实许多——今年的小雪节气,没有降雪。忽然又有点失落,节气也变得没有规律了一样。

11月22日,农历十月十五,今日小雪,亦是感恩节,感恩节旨在感谢我们生命中遇到的一些人和事。是啊,我们每一个人自呱呱落地开始,一路走来,要感谢的人和事太多太多了,父母、亲人、老师、老板、同事、同学等等,生活、读书、工作、失败、成功等等,自始至终,无论亲人同事,好事坏事,总伴在我们身边,令我们一步步成长。其实,我们真正应该感谢的是每一个真实拥有的日子,心怀感恩,认真过好每一天。

从事有机农业16年以来,相对于他人,农人更加关注二十四节气,因为每一个节气都会带来天气及气温的变化,相应地对农事也会产生一些影响。小雪则预示着西北风开始成为常客,气温下降,要逐渐降到0℃以下,但大地尚未过于寒冷,雪天即将到来,只是量还不是很大。农人自2002年做有机农业,前期在长三角地区,自问对那里的气候基本了解,但在2014年回到家乡以来,犹记得2015年、2016年连续两年小雪节气均有降雪,认为在小雪节气基本上是会下雪的。漫天飘落的雪花以及银装素裹的世界意味着太多美好:小孩子们欢快地堆雪人,在雪地里撒欢儿,热爱生活的人感叹雪花的美好,赞雪吟雪……而雪天对于一线农业生产来说,则是严峻考验:雪天露地无法采收,棚顶容易坍塌,棚内蔬果容易受冻等等,因此农人早在前半个月开始查看天气预报,并通过修棚、采收存储、加固等措施提前预防可能出现的各种意外,尽管如此,还是会有部分意外防不胜防。

  2015年的小雪节气,下了一场暴雪,农人至今无法忘却。同样是11月22日,因为看了天气预报,知道要下雪,农人提前采取了预防措施。首先安排了多人值班,并派人做了清理积雪的雪橇。夜里9点左右雪花开始漫天飘飞,然后越下越大,12点开始农人带着近20位一线工人到地里清理积雪,大棚比较多,有温室20个,冷棚100个,夜间安全也比较重要,所以要求大家5人一组分区进行。即便如此快速反应,部分冷棚还是受害了,靠近黄河风口附近的呼啸大风席卷着大雪似乎在瞬间吹坏了20栋大棚,棚顶被揭掉、钢构变形、地锚拔起、部分塌陷……看到这些,劳累一夜的农人难过、无力、茫然,是的,在巨大的自然灾害面前,人类何其渺小啊。

  农场的清晨,多是伴随着一群麻雀叽叽喳喳的叫声到来,当窗外一缕阳光照耀大地并通过缝隙透进来时,农人悬着的心一下子踏实许多——今年的小雪节气,没有降雪。忽然又有点失落,节气也变得没有规律了一次。阳光,即使是在寒冷的季节,就算是没有夏日的炙热,也总给人温暖祥和的感觉。农场每一个角落,高高的房屋,低矮的平地,远处的棚膜,近前的菜苗,均被一层厚厚的白色覆盖,但终不是白雪,而是重霜。走在田埂边,踏在小草上,同样有着嘎吱嘎吱的轻响,如同踩在雪地上。昨天还浓绿的青菜、生菜等,远远看去像是盖了一床薄薄的棉被,走近了细看,每一棵每一个叶片每一角叶缘,都被这白色的晶莹的浓霜点缀,大自然造就的美,让人惊叹。农人忍不住用手机拍下这美好的一刻,却又忍不住多看几眼,让美好留在心里。

有一个普遍的自然知识,平时尤其是夏季的时候,青菜发苦,到了秋季或冬季开始变甜,明显的就是下霜后开始变甜,也就是俗话说的"霜打青菜味更甜"。这是由于青菜本身含有淀粉,被霜打后,青菜里的淀粉经水解作用变成麦芽糖酶,又经麦芽糖酶的作用变成葡萄糖,由于葡萄糖在水中易溶解,所以青菜会更甜,包括萝卜、红薯等。因此,我们还应该感恩自然,正是由于大自然的各种规律,使得我们有了春夏秋冬,有了带着每个季节鲜明色彩的美景及食物。

露地,田间下午浇菜未能流完而残存的几洼水坑,悄然凝固,变成几片薄冰,映衬着整片耐寒的羽衣甘蓝,农人知道薄冰一会儿就会融化,但也明白了此后浇水不能在下午,要么中午,要么不浇,否则会出现问题。

西边大棚内的樱桃番茄完全没有了昨日的挺拔,顶头的、边上的叶片一夜间全耷拉了下来,只剩半成熟的樱桃番茄孤零零地悬挂着。尽管农人早在6月已经播种,精心呵护,10月份已经开始采收,想着多采收一些,提高产量,但是季节正用最鲜明的特色真真切切地告诉我们,寒冷的脚步正慢慢赶来,可能会迟到,但从不会缺席,请做好准备。

农人感言:霜打青菜味更甜。

大雪，感慨万千

2019年12月7日，大雪。在这个特殊的日子，农人亲手看着农场有机转换证书，感慨万千。

当真正看到转换证书的时候，农人还是有些小激动的，虽然在12月3日的时候，远在千里之外的南京国环认证机构的老师已经通过电脑将PDF证书发过来，并且看到了。在这个特殊的日子，大雪节气，农人亲手看着农场有机转换证书，感慨万千。

是的，2019年对于从事有机农业的农人来说，是艰难的一年，虽然有17年的经验，也经历了一个人在漫天荒地里从无助到踌躇满志。开荒，没水、没电、没路、没人，什么都没有，有的仅仅是农人对有机农业的坚守；这一年的7月28日，有机行业里迅速发酵的四川有机标杆企业尚作有机创始人的一封致歉信，以及一天后河南有机品牌君源有机农场《致客户的一封信》都让农人苦闷、压抑，甚至有些迷茫，有机之路的艰辛与曲折由此可见。

自2002年进入有机行业，农人经历了第一家有机企业——永丰余生物科技摸索与转型的痛苦，其做过生产果蔬、组培种苗、出口蔬菜，后来以经营上海有机餐厅及市集为主逐步稳步发展，其背后是庞大的造纸企业为依托；第二家上海欧食多作为国内最早的有机食品超市运营3

年基本开始赢利;再到后来的食全食美、浙江义远、太阳公社,想想无不是历经阵痛,然后进行探索,再逐步改进,慢慢形成符合自己的模式,并不断前行。一路走来,太多不易,太多心酸,有整体行业发展原因,有市场接受度原因,有自身运营模式探索原因,有品质原因等等,太多的原因综合起来,造成了如今的有机市场仍然发展不好。可是,每每看到市场上报道农残事件,看到农田里到处堆积使用的除草剂、农药袋子,再联想到医院里每天人满为患的,连走廊都挤满了病号的各种疑难杂症、癌症患者,想想《寂静的春天》里描述的一个个真实的案例,农人觉得,即便前路再难,也要坚持。只有坚守有机,生产安心食材,心才是踏实的。

附:尚作致歉信部分内容:

  从行业来看,实际上大家不难得出一个结论,这个行业本身就很难赚钱,尚作的毛利虽然高于其他同行,但是在快速扩张的时候也难免陷入这个亏损的魔咒……在未来的一周内,如果达到2000名会员支持,我们就可以保证运转起来,如果不能,我也不得不遣散团队,让他们自谋出路,我会配合会员代表将后续工作完善,给所有人一个交代。

  这是一个阴晴不定的季节,我们谁也无法把握下一刻的天气。所以尚作这个没有伞的孩子是继续奔跑,还是消失在这个夏天?既然这个孩子是大家共同抚养长大的,过去我也没有把他带好,那么当下还是把未来的选择权还给大家吧。

  不管怎样都好,让我们记得他曾经来过就好。

——尚作创始人

7月28日

附:君源《致客户的一封信》部分内容

君源是一个全新的农业新物种,从2010年创立之初,她就没走过寻常路。九年的高歌猛进之后,如今这个新物种碰到了问题。"面对问题,解决问题",向来是君源创业精神之根本。

造就今日问题的根源有自身经营管理问题,也有有机农业自身难以突破的瓶颈。最根本的原因是君源荥阳工业园区的基建投入,导致对资金的过度占压,同时银行抽断贷更是雪上加霜。最终导致员工薪资发放困难,供应商货款结算周期拉长,进而影响到会员的正常有序配送。

任由当前问题持续发酵,伤害君源经营主体,无助问题解决,我们决定面向线上会员消费和线下门店经营,全面暂停服务三个月,开启全面而彻底的重组整顿工作。

············

——君源有机农场总经办

7月29日

农人感言:只有坚守有机,生产安心食材,心才是踏实的。

冬至，认识刘先生

2020年12月21日，冬至。在这个要"捏冻耳朵"吃饺子的冬至日，农场举办第一届"稻草人野趣冬会"，欢声笑语在冬日的农场上空回荡，田地间热闹异常。

农人在追寻有机的过程中，常常被家人、客户，甚至被村里人误解，因为他们不理解有机，认为不用农药不用化肥不用除草剂种不出蔬菜，当然随着时间的推移，证明是可以的，慢慢地他们也就相信了。所以从事有机，被人认可，被客户信任，一直以来是农人感觉最幸福的事。

2020年12月21日，冬至，二十四节气中一个重要的节气，也是中华民族的一个传统节日。冬至为"冬节"，被视为冬季的大节日，在古代民间有"冬至大如年"的讲法。古时有"冬至一阳生"的讲法，也就是说从冬至这天开始，阳气慢慢开始回升。三九岁寒，意味着一年中最冷的时节来了，各类冬季作物需要开始做好保温措施，春季部分果菜类作物需进行播种育苗了。

在这个要"捏冻耳朵"吃饺子的冬至日，农场决定举办第一届"稻草人野趣冬会"，结合蔬果科普、与小羊互动、林下捡鸡蛋、与小猪赛跑、喂小兔、与家人一起体验种菜的乐趣、拔萝卜等，来一次农场与家人们的亲密互动。当然，在这个值得纪念的日子里，农场更是准备了压轴节目——集体现场杀猪,重现小时候过年才有的杀年猪气息,现场拌饺子馅,擀面皮,家人们一起体验包饺子……欢声笑语在冬日的农场上空回荡,田地间热闹异常,也就在这一天,农人初识了刘先生。

同为父亲,农人看到来参加活动的多是父母全程陪同,或是三代人一起,而刘先生是自己全程陪着儿子,认菜、喂羊、包饺子,不亦乐乎。再想想自己,农人心里惭愧,总不在家不说,即使儿子到农场也总是脱不开身,总是不耐烦,嫌儿子话多问题多。在午饭的时候农人主动走到刘先生的餐桌前打招呼:"您好,今天的饺子还好吗?对黑猪肉有什么意见没有?""您好,您好,今天这个饺子不错,就是稍微慢了点,肉非常好,好多年没吃过这么香的肉了,不错。这个杀猪菜也可以,你们这个大厨做得也可以。""是,是,饺子上得确实慢了点,不好意思哈。人比预计的多,锅煮不下。刚才给厨房说加锅了,应该就好了,抱歉啊。怎么样,小朋友玩得开心吗?""非常开心,尤其喜欢小羊羔,抱住不愿意松手,哈哈,听说下午还要采草莓,盼着呢,其实这样挺好的。您是不是还没有吃饭啊,要不一起吃吧?""不用,不用,谢谢!您贵姓?""免贵姓刘。""刘先生您好,一会儿上来的新品枣花馒头非常不错,您可好好品尝,并提提意见,慢用啊。""好的,谢谢,对了,要不咱们加个微信吧,看你们服务这么好。""应该的,好好。"就这样,农人与刘先生基本认识并建立了联系。午饭后带领着他们先进行拔胡萝卜、栽植青菜等农事活动体验,小朋友当了一回农夫,知道了农人们的辛苦,劳动并快乐着。采草莓环节是兴奋的,酸酸甜甜的草莓,吃一口回味无尽,香味在唇间滞留,笑声在田野回荡。

23日的上午,农人收到了刘先生的微信:"您好,枣花馒头非常不错,能不能订100个?"农人一愣,照例来说,一次定这么多,农人是开心的,可是站在客户的角度想,100个馒头一下子吃不完,放在家里变凉了要再热着吃,时间长了就不好了。于是,农人把担忧直接告诉了刘先生,并说是纯手工的、新鲜的最好。刘先生马上回复:"谢谢提醒,家人特别喜欢,尤其是现在买不到纯手工的。可以分5批发。款我先转给您,等你们做好了,尽快安排送啊,到时候我把地址发过来。"然后立即转款300元。说实话,这个款不多,但是对于馒头的喜爱及对农场的信任让农人很是感动,再一想,马上就是圣诞节,对,一定要在圣诞前送过去。于是,立即与大厨对接,安排蒸枣花馒头事宜,并多蒸了一些,以备其他客户需要,在24日早上完成并联系刘先生送到,产品受到家人喜欢且安排得满意,农人自然开心。

时间来到2021年1月份,一天下午,刘先生突然发来一张农场黑猪肉订购价格及流程图(那是农场发出的用于宣传农场黑猪肉进行预订的海报),询问猪肉订购事宜。农人一时词穷,为有这样忠实的客户感到自豪,又为没有提前通知这样忠实的客户而自责,还是客户默默关注农场动态,主动打电话询问。遂一一解答,并详细告知具体情况。刘先生说:"你们的黑猪肉纯正,不管什么时间杀,我先预订了。""有没有里脊、排骨啊?""有的。""那我先预订吧,别到时候没有了。""好的,好的,谢谢您的信任。"说完,迅速转来了订金。

4月份又接到刘先生微信,同样是要黑猪肉,这次要整猪,农人很是兴奋,200多斤的一整头黑猪,这也是第一单。对于农场来说是好事,解决了肥肉不易处理、内脏没地方处理的问题,可静下来想想,对刘先生来说,同样也是如此啊,他该如何处理呢?另外天气逐渐变热,一下子买这么多,会不会坏掉呢?农人将这些担忧给刘先生说了,刘先生更加感谢,不过农人是多虑了,他这次是给员工做福利的,自己公司也有食堂,都有办法处理。听到这些农人松了口气。刘先生说农业不易,相信你们,感谢你们。短短几句话,透着刘先生对农场的无比信任与支持。

6月9日,农人又接到了刘先生的信息,还是客气的话语:"您好,能不能再帮我来整头黑猪,不过现在天热,不知道好不好运输,如果不好运输的话,我安排个冷冻货车过去。""没事的,刘先生,我们切割好后,真空包装一下,然后放泡沫箱里,再在里面放冰块,全程低温,东区也比较近,没事的,您放心。""好的,那就好,麻烦你们了。""没事,没事,谢谢您的信任。""主要是你们的猪肉好,虽然有点肥,但是正宗,香!"

一贯的热情,一贯的先为他人考虑,一贯的信任,这就是刘先生。与刘先生的结缘源于一次普通的活动,一次无意的餐桌走访,然后就是简短的业务沟通。交往远远没有结束,也正是有了多个像刘先生这样热情、信任的家人,农场的一切才变得更有意义,农人的有机之路才走得更加幸福、坚定。

农人感言:被人认可,被客户信任,有机之路才能走得更加幸福、坚定。

小寒,拥抱儿子

2021年1月5日,小寒。农场的清晨,鱼塘里清澈的水面被一层薄冰覆盖,田间有厚厚的白霜,一切还在沉睡。农人知道,在几十公里外的家中,有一对母子,此刻正忙着吃早餐,孩子要在7:20前赶到学校。

我经常被妈妈拥抱,所以,我觉得拥抱没什么含义。

但是,我被拥抱的时候觉得很温暖,很幸福,觉得只有我才有这样的待遇,别人都没有。

我想与爸爸拥抱,因为爸爸很少在家,很少和我玩,休息的时候总被妈妈当仆人一样使唤,所以爸爸没抱我几次。

当我被抱的时候,脑子里经常想一些事,比如别人有没有被抱过,别人会不会羡慕我之类的问题……

初次看到儿子李圣源写的作文《我与拥抱》,农人觉得亲切又愧疚。儿子8岁了,今年开始上小学三年级,同农人一样,认识了一些文字后,就特别喜欢看书。虽然现在的教育自一年级就有看图写作来培养小孩子的想象能力、写作能力,可儿子的写作总是不尽如人意,写不好。进入三年级,写作文变成了常态,也就有了各种日常习作,正如此篇《我与拥抱》表达的一样,"爸爸很少在家",很有农人特色,写得很短,很直白,但感情表达很真挚。因为工作关系,农人多在农场。从2002年一直到现在,周末、节假日是最忙的时候,所以总是哄着他们一起到农场,可来到农场,正如儿子说的"还是我和妈妈自己玩",有时候回到家中,也总是接电话打电话,母子俩都不高兴,唯一能做的就是,多动动手,买买菜,烧一顿可口的饭菜,看着母子俩开心地吃……

新年的第一个周末,决定回家陪陪孩子,就这样,把工作安排好后,愉快地回家了。冬日的晚上,天黑得异常早,赶地铁,换公交,农人回到家已经快八点了。胡乱扒拉几口热饭,看着在专心看电视剧的儿子,农人突发奇想,说咱们一起动手,做手工手枪吧。儿子很感兴趣,立刻关掉电视,开始找图片。然后又根据农人的提示找来尺子、记号笔、泡沫板,并认真地比画起来,一板一眼,有模有样,还一定要拉着妈妈看是否合适。到后来变成了"农人打下手,儿子为主角,妈妈在一旁观看",也就出现了这样的一幕:雪白的地板上,跪着一个小画家,一丝不苟地按图样画着最新式枪……时间一分一秒过去,快到十点的时候,图纸基本完成,妈妈催促早点睡觉,农人也说余下的明天继续。儿子恋恋不舍,农人说明天还可以继续做其他的,比如剑、弹弓啊,儿子听后总算比较满意,当然农人不忘来一句:"合作愉快吧?""嗯,嗯。""抱一个咋样?""好的,爸!"算是完成了一个拥抱。

第二天一早儿子就先醒了,自己开始继续画图,看到这个劲头,农人赶快动手帮忙,并把第一把枪沿着图纸用刀片剪裁、挖洞,出来的立体枪与实际的基本一样,还可以拿着玩,儿子别提多高兴了!毕竟是自己找图、自己设计、自己绘制,一会儿给妈妈看,一会儿给农人看,打打这里,瞄瞄那里,饭后又迫不及待地拿出去给小伙伴看。然后带领一群小伙伴来到家里,告诉他们如何制作,如何画图,如何成型,这个时候的儿子充满自豪感,小朋友们一脸羡慕……下午,农人又带着儿子做了小手枪、宝剑,有了经验,儿子基本可以自行操作了,找图片、画图、剪裁,隔壁的小朋友一起加入,儿子还当起了教练。陪伴是短暂的,更是快乐的。

今天,1月5日,小寒。农人已回到农场,记得离开家时儿子说:"爸爸又走了,家里就像宾馆……"想想,儿子说得也不对,宾馆的人都是陌生的,没有温度,家里是温暖的呀,有快乐的呀。想着家的温暖,小寒不再寒冷。这个二十四节气中的第二十三个节气,这个标志着进入一年中最冷天气的日子,农人依旧早起。农场小寒的清晨,鱼塘里清澈的水面被一层薄冰覆盖,田间有厚厚的白霜,一切还在沉睡。农人知道,在几十公里外的家中,有一对母子,此刻正忙着吃早餐,孩子要在7:20前赶到学校。

农人感言:想着家的温暖,小寒不再冷寒。

大寒，一碗腊八粥

2021年1月20日，大寒。二十四节气中最后一个节气，也是冬季最后一个节气。冬去春来，大寒一过，又开始一个新的轮回。

农人照例早早起来，迎着初升的太阳在田园的角角落落里走走看看。快走，一曰加强锻炼，在远离尘嚣的地方，走在田园风光里；一曰查看，走马观花地视察，每天早上先对每一块土地、每一个大棚、每一种作物、每一个养殖产品大致看一眼，这样心里才踏实，这也许就是人说的职业病吧。就像是每每到了商场，总是不由自主地到生鲜区看看别的包装、别的蔬果，了解种类、了解价格一样。

红红的太阳在冬日的寒风中，并不觉得温暖，鱼塘里冰块冻得老厚，扔个石块下去，滴溜溜转几圈，还没有痕迹。田间经深耕的土壤这会儿冻得像板砖一样结实，冷棚的薄膜外面都挂着一层雪花状的白白的薄霜……大寒的清晨，依然寒冷，农场的清晨，一切仿佛还在沉睡中，就连一线工人都还在休息。土地未解冻，蔬果未解冻，一切无法操作，农人们往往是解冻后再进行劳作，遵循自然。

过去的鼠年，充满着不愉快的回忆。自立春的居家开始，新冠疫情就给人们的生活带来了极大不便，断断续续，持续到现在，仍有影响；然后是4月份，少年笑天被确诊为胃癌晚期，一个被选拔为南航飞行员的

17岁高三的学生，一切美好愿望美好梦想瞬间破灭；再来到前几天，也就是1月6日夜间农场又遭遇极寒低温零下17.5℃，大棚种植的6棚草莓部分花蕾受冻……是的，大寒来临，通常是最寒冷的季节已经过去，新的季节即将来临，在困苦中努力的人们，同样期盼着新的轮回。

当家家户户升起袅袅炊烟，农场飘来阵阵香味的时候，农人身上微微发汗，开始从田间返回了，员工餐厅已准备好了极富营养的早餐。进得餐厅，香气迎面，厨师盛了"腊八粥"，猛然想起，只记得今日大寒，忘记了还是农历十二月初八，也就是腊月初八，一个喝粥的日子，喝腊八粥的重要日子。餐厅的大厨选用农人们自己种植的大米、红豆、绿豆、花生、玉米糁、四季豆、莲子、小米、红枣、薏仁米，放在一起精心熬制，在寒冷的冬季，农人足足喝了两碗，喝完浑身温暖。这时，农人又想到遥远的家乡。在节日的时候，也是最容易想家的时候，"每逢佳节倍思亲"，立刻打电话给远方的妈妈。"小升，你喝腊八粥了吗？""喝了，你们呢？""也在喝，哈哈，最近忙不忙，别累着了啊。""没事，不忙。""天冷啊，多穿点。"自打通电话起，就是关切地问长问短，很多时候，农人当面也想跟母亲说，儿子都已经四十多岁了，会照顾自己了，可转念再想，无论多大在母亲心里都是孩子，如此，也就时刻享受着母亲的关爱。大寒节气，腊月初八，同喝腊八粥，加上一个电话，心里更加温暖。

腊八，同大寒节气一起，辞旧迎新。当太阳逐渐升起，大地慢慢解冻的时候，农人们陆陆续续回到农场，新的一天的农事即将开始。温室中黄瓜长势正旺，冷棚里各类叶菜也缓慢生长着，受冻的草莓部分花蕾再一次开放，各类作物在农人们的呵护下，正倔强而坚强地生长着。

农人感言：农人注注是解冻后再进行劳作，遵遁自然。

辑三

乐享田园时光

生态好了,
生态链恢复了,
一切便好了。

如何守护自然的味道

守护自然的味道,凭什么?丢失的味道,还能找回吗?

为什么市场上的黄瓜吃起来没味儿,有时候还发苦?为什么郑开大道两边的草莓好大,并不好吃?为什么我家小孩从不吃青菜?为什么番茄那么硬,完全没有小时候的汁水?为什么那么多菜都没味儿,哪像小时候吃什么都香,小时候的味道去哪儿了?

是的,越来越多的市民心有疑问,同时,家人也疑惑,守护自然的味道,凭什么?如何守护?丢失的味道,还能找回吗?

能,一定能!这也是农人面对千万家人说的,更是做有机产品18年来总结的经验。相信过程,一步一步来,从改良土壤开始,遵循自然,好的产品,好的口感,小时候的自然味道最终会回来的。

如同所有生物一样,健康生长首先需要一个良好的环境,包括土壤、空气、水质。这也是为什么要求有机生产基地远离工业区,附近没有污染源,同时考虑传染问题,还应与相邻常规地块之间设立隔离带,防止有机种植受到污染,保证种植大环境的健康、安全。而对于有机生产来讲,最重要的莫过于有一块疏松、透气、富含有机质的土壤。近几十年过量化学肥料的施用,造成土壤板结,通透性差,导致土壤的生态平衡被破坏,有机质不断流失;另外,大量化肥使用还导致耕地pH值下降，从而影响了作物正常生长。农人从取得流转土地开始，就对土壤进行培肥改良，包括建立轮作，与豆科间作、套种，自建有机堆肥，自制菜籽饼肥，并充分腐熟，对所有地块增施堆肥、饼肥，并购买经过评估的成品羊粪施到田间；采取冬季种植紫云英、结合休耕深耕冻垡等措施，不断增加土壤有机质含量，改善土壤团粒结构，增加土壤通透性。农人深知，良好的土壤对于一切产品的生长、口感起着决定作用，化学农业带来的副作用需要一点点补回来，土壤好了，一切也就好了，小时候的味道也基本就回来了。

从事有机农业18年，农人知道，一个产品好吃，根本的原因在于品种，品种决定品质、口感、产量。随着市场发展的需要，很多种子研究单位在研发品种方向上力求不同，比如为考虑高产量而忽视了口感，造成了口感下降；或是追求果形漂亮，也有的是追求个头大，也有的考虑长途运输需要硬质果……总之为了不同的种植需求，为了市场需要，没有对错。为了寻找失去的味道，对于种植的每一个品种，尤其是即食类果菜品种，农人精挑细选，不同季节选择不同的品种，比如番茄，选择适合本地的豫艺酸甜果，汁多可口，适合生食，小番茄选择浙樱粉；水果玉米春秋季用小布丁，夏季用超甜脆；西瓜则种植豫艺彩虹西瓜，甜脆可口；草莓更不用提，每年有红颜、圣诞红，还有新兴的隋珠等。一个个精心挑选的品种，充分保留了各个产品原有的特性，又是每一类产品中最好的新品，家人品尝后都交口称赞。

当然，还原小时候的味道绕不开种植方式问题，也就是市面上的常规种植与有机种植的区别。我们都知道蔬果生长与人类日常生活一样，需要多种矿物质元素，人类每日需要补充各种维生素及多种矿物质，包括钙、铁、镁、磷、钾、钠、硫以及少量微量元素;矿物质在体内催化或激活一种酶时扮演一定角色。缺乏任何一种矿物质,都会造成急性或慢性疾病,影响身体正常功能。如果没有矿物质催化体内化学分子,蛋白质、碳水化合物、脂肪和维生素也会无效。因此可以说,没有矿物质,身体就无法正常工作。蔬果生长也是一样,在常规生产中,常年施用化肥,基本是氮(N)、磷(P)、钾(K)复合肥,而我们知道蔬果生长不但需要氮、磷、钾,还需要碳(C)、氢(H)、氧(O)、硫(S)、镁(Mg)、钙(Ca)、铁(Fe)、锰(Mn)、锌(Zn)、铜(Cu)、硼(B)、钼(Mo)、氯(Cl)等必需的营养元素及其他元素,常年施化肥会造成其他元素缺乏,也就是所谓的"缺素症",这样的土壤生产的瓜果无味其实不难理解。有机种植注重土壤改良,与休耕、种植绿肥及冻垡结合,培养土壤活性,通过多种措施增加土壤有机质含量,提升土壤活性。另外需要指出的是,农人在种植过程中,无论增施的是散养的黑猪、柴鸡粪便加上种植的香菇、平菇菌包以及菜叶等一起堆置腐熟的有机肥,还是菜籽饼发酵的饼肥,包括经过评估的成品羊粪有机肥等,都富含多种营养元素,有机质含量高,能保证土壤营养全面供应。这种土壤种植的蔬果含多种矿物元素,营养也更加全面、均衡。

需要指出的是,在守护自然的味道过程中,遵循自然,包括自然管理、自然成熟。对于种植产品,农人全程遵循自然,不进行人为干预,例如西红柿种植过程,也就是进行整枝、吊蔓,不像市场上使用坐果灵(激素)提高坐果率;同时,果实定型后,自然转色,成熟后采收,也不会提前采收,保持成熟西红柿的味道;目前在任何时节任何地方几乎都能看到四季产品,品类丰富了,有好多产品是在外地种植的,而考虑到运输,多在七成熟甚至五六成熟的时候就采收了,口感自然不好。对于养殖产品也是如此，农人始终奉行无添加、自然成熟的原则，就像散养黑猪，自2月份进来，在散养区域自由奔跑，听着音乐，吃着农场剩余的菜叶，主食还是玉米粉以及麦麸，热了可以游泳，一晃11个月过去，由当初的40多斤变成了200多斤的大黑猪。好多家人说猪肉稍微有些肥，农人查了资料，与品种有关系，最主要还是因为没有添加，自然生长，可是香啊。农人知道，如果像市场上的一样，买些精饲料喂养，小黑猪长得一定很快，或者再添加些瘦肉精什么的，肉质一定很受欢迎，可与原则相违背，所以坚决不做。遵循自然，是整个有机生产过程的原则。不进行干预，不添加，自然成熟，也就成就了自然的味道。

在我们感叹"瓜无瓜味，果无果味"的时候，其实不能忽视一个事实：经过30年改革开放和发展，国人的生活水平明显提高了，吃不饱的时代已经过去了。目前，我们基本上每顿都有荤有素，而小时候，很多美好的食物往往是一年只能吃上一次，物以稀为贵，所以觉得特别香，觉得小时候的味道特别亲切，也就总想找回丢失的味道。

农人感言：全程遵循自然，也就成就了自然的味道。

有机蔬果,不打农药咋防治病虫害

种菜不打农药,你们是怎么做到的?

你们的菜难道不生虫吗?生虫了如何防治呢?

你们地里怎么有那么多黄色的板子,那些是干什么的?

随着越来越多的人进入园区,农人也听到了越来越多的询问,大部分是关于有机蔬果病虫害防治问题。一路走来,农人遇到过很多人有类似的疑问,包括刚入驻时农场周边的农民,以及主管农场的一些领导。在没有亲自实践之前,有怀疑很正常,毕竟大家刚刚习惯了农药、化肥提高产量、品质,再猛然禁止农药、化肥,回到从前,心理上会难以接受,担心产量降低,更担心病虫害爆发无法控制,农人要做的是,用事实说话。农人用行动给大家解惑,除了耐心解答,更多是带着大家到园区里到棚里或是到田间去看一个个作物,用农人实实在在用的病虫防治方法告诉大家有机蔬果是如何进行防治的,又是如何保证产品安全的。

首先,建立农业防治体系。与所有的防治方法一样,有机病虫害防治讲究"治未病",所以通常要求先进行有机转换。农业防治的根本是要有健康的土壤,农人在拿到流转土地后,第一件要做的事情就是运用各种农业措施培肥改良土壤。包括建立休耕、轮作、间作、套种制度,以及种植绿肥等,对土壤进行测试,增施天然矿物质元素,并通过长期方案,不断增加土壤有机质含量,改善土壤团粒结构,增加土壤通透性。

其次,选择合适品种。根据不同季节选择适宜品种,同一品种选择抗病优质品种(比如菜心品种冬季选择80天,春夏季选择四九菜心,秋季选择60天菜心)。采用温烫浸种、嫁接、分苗、直播、炼苗等方式培育壮苗,同一品种在不同的时期,采取不同播种方式,如青菜类,冬季需栽种,夏季则直接撒播,黄瓜夏季也可以直接播种。另外不同品种选择合适的穴盘,以适合根系生长,108孔、72孔、50孔等,育苗盘定期清洗消毒,避免病菌传播,培育壮苗。好苗是基本。

再次,加强田间管理。结合不同品类作物要求,及时整田,及时栽种,做到"宁可田等苗,不可苗等田",如十字花科四叶一心栽植,茄果类约20cm,七八片真叶,现花蕾,但不开花,否则过晚易出现老苗、僵苗,对生长不利,且易发生病害。覆膜栽培,有条件进行喷滴灌,尽可能降低空气湿度;每天坚持通风(冬天也要在中午通风,与C/O有关),降低病虫害发生概率;通过整枝、吊蔓、疏花疏果等措施促进植株及果实生长,增强作物本身抵抗力;科学进行水肥管理。

最后,及时采收。无论何种蔬果,根据采收标准,在最佳采收时间内用适宜的采收工具采收,并在短时间内送至加工车间,避免失水萎蔫,并防止人为损伤。然后清洁田园,即及时摘除蔬菜作物老叶和被害叶,将病残株集中处理,减少病虫害传播源。

再来看物理防治,可利用粘虫胶、诱虫板、防虫网、黑光灯等技术诱杀或捕捉害虫,抑制菌源成活率,减少田间虫源基数,达到防治病虫害的目的。常见的措施有以下几种:

隔离措施。主要利用防虫网将害虫隔离,比如大棚的侧面、顶上都有防虫网;在夏季的时候,多数叶菜为了防止害虫,会搭建小拱棚,在上面盖上防虫网,也就是农人常说的"蔬果蚊帐",防止害虫进入,从源头上减少危害。

诱杀措施。利用害虫的趋光性,以及利用昆虫自身所分泌的一些与性别通信有关的化学物质,诱杀雄性成虫,从而达到控制农业害虫繁殖的目的,即性激素技术。包括在园区每隔30亩左右安放太阳能杀虫灯,就是充分利用了光谱作用,杀害害虫;在田间、作物行间放置的黄色、蓝色粘虫板也是充分利用了害虫的趋光性。甚至在选择地膜的时候,农人用双色地膜即上面银灰色地膜防止蚜虫,下面黑色地膜防草保湿。性诱剂的应用更是极大地减少了害虫密度,目前像地老虎、小菜蛾、斜纹夜蛾、黄曲条跳甲等性诱剂应用效果非常好,插上一根竹竿,上面放上配套的诱芯、诱捕工具就好了,捕杀害虫简单可靠,对作物安全。

果实套袋。在果蔬上套袋,防治病虫害,缘起于葡萄、桃树等果树,可防止鸟类,并减少病虫害。后来,农人发现也可应用于部分蔬菜,比如水果玉米套袋,尝试下来,授粉率提高,虫害减少。

捕食性天敌。螳螂、瓢虫、捕食螨、蜻、食蚜蝇、草蛉等,常见及应用较多的是瓢虫、草蛉,它们的主要捕食对象是蚜虫、粉虱、螨类、棉铃虫等多种农业害虫。目前也出现了专业科研机构研发天敌,为农人提供了获取天敌的途径。同时,日渐丰富的生态环境,修复的生物链,也为园区带来了自然的昆虫天敌,比如赤眼蜂、螳螂等。

寄生性天敌。赤眼蜂、茧蜂、缨小蜂。

昆虫病原性微生物。白僵菌、绿僵菌、苏云金芽孢杆菌等病原性微生物在有机生产中可以使用,用白/绿僵菌处理土壤,可防治部分地下害虫,如地老虎等。苏云金芽孢杆菌作为有机上比较靠谱的病原性微生物,对很多虫害是非常有用的,适用对象非常广泛,可应用于十字花科蔬菜、茄果类蔬菜、瓜类蔬菜、水稻、玉米及各类果树等多种农作物。苏云金芽孢杆菌杀虫谱较广泛,主要用于防治鳞翅目害虫幼虫,如菜青虫、小菜蛾、斜纹夜蛾、甘蓝夜蛾、烟青虫、玉米螟、稻纵卷叶螟、二化螟、松毛虫、玉米黏虫、豆荚螟、银纹夜蛾等多种害虫幼虫,部分亚种或菌株对根结线虫、蚊幼虫、韭蛆、甲虫等害虫也有一定防治作用,也是有机种植的福音。

种植趋避作物。种植芳香作物如罗勒、薄荷、薰衣草、鼠尾草等,利用其特色香味趋避虫害。

另外,有机蔬果可以限量使用生物制剂,也就是从植物中提取并合成的制剂,比如除虫菊素、印楝素等,但必须是经有机认证机构评估认可的。

有机蔬果生产中的病虫害防治主要是以农业预防为主,即优先改良土壤,并运用各种轮作、间作、休耕、种植绿肥等措施,增施有机肥,不断增加土壤有机质,改良土壤性状,增加土壤活力。不用农药,从另一方面讲,增加了生物多样性,丰富了生物链,使原本自然界就有的生物链得以恢复,比如在农场以看到各种鸟类、各种昆虫日渐增多,从而使天敌防治自然体现;同时,各种物理防治措施,性诱剂、黄板、杀虫灯、防虫网在农场的田间、大棚处处可见,降低了虫口密度,利用大棚栽培、覆膜栽培、整枝管理等人为调整湿度、温度、通透,降低了病虫害发生概率。

即便如此，农人依然面临各种病虫侵袭、挑战，尤其是夏季，很多时候青菜上面布满虫孔，尽管农人有防虫网，奈何抵不住虫多、繁殖快，有时候只能整片去除清理，或者出货的时候将虫多的叶片全部剥离。一场大雨下过，往往带来一次霜霉病害，对于露地黄瓜来说，太正常了，好多时候，前面刚采了两茬，就不得不清秧，病害是有机种植的噩梦，尤其是夏季的病毒病、霜霉病。冬季的时候，人们交口称赞的是原味草莓，是啊，自然的草莓，没有施肥、没有农药、没有激素的草莓，经过千挑万选的品种，经过农人精心呵护的草莓。相信自然的便是最好的，只是，很多时候，草莓生病了，农人不能打药，不能随便灌根，农人能做的是加强通风，或是拔掉病株，再种上一棵大蒜进行消毒，或是自行繁殖再补种一棵，于是您在棚里看到的有时候并不是那么齐整，而采摘的时候也能看到草莓并不是个个都很大。

不用农药，还有很多方法，农人会在今后的工作中慢慢实践。守护自然的味道，防治病虫害，有时候也很无奈，但不用农药是原则，坚持这个原则，只为安心。

农人感言：不用农药，只为安心。

温室没有墙体，能保温吗

当然能，而且还非常能，否则，建它做什么？否则，做了这么久农业的农人，怎会选择建这样的温室？

农人永远不会忘记 2015 年的伤痛。小雪节气，11 月 22 日夜间，就那么瞬间工夫，几十座大棚坍塌，包括几栋温室。虽然农人带着近二十人在现场忙着清理积雪，但是雪太大了，还有呼啸而过的大风。辛辛苦苦作业、冒着各种风雨作业的人们在这种灾害性天气面前，显得太无奈，太无助，太渺小。

在寒冷的冬季，尤其是再往后，最冷的 1、2 月份，中原北方多是 0℃以下气温，露天种植是无法进行的，温室变成了农人的主要战场。日光温室也叫暖棚，是北方地区独有的一种设施温室大棚类型，主要依靠阳光来维持温室内的温度水平，以满足蔬菜作物生长的需要，也是利用了北方冬季晴天多的气候特点。

一般的温室多采用土墙，现在多是砌 37cm 或 50cm 砖墙用以保温，前面采光的弧形钢架部分罩上薄膜，上下留通风口，然后最外面盖棉毡用以保温。农人自南方回来后，使用过这样的温室，并对温度做了完整的记录，所以还是基本了解的。但是一次雪灾，以及冬季上冻之后，发现这种温室有好多缺点：首先，采光不好，尤其是种植果菜类，因后墙遮挡及棉毡无法升到底遮挡了部分光线；其次，操作不方便，主要表现在上冻后，棉毡无法升降，更是影响棚内作物生长。发现问题后，农人采取增加透风、补光的措施来改善，对于升降棉毡的问题，通常是提前进行，直到意外发现了大跨度内保温自动储热日光温室。

大跨度内保温自动储热日光温室是河南大宗蔬菜产业体系首席专家、河南农大王吉庆教授联合相关专家研发设计的，这种新型储热日光温室针对北方气候，摒弃了目前日光温室的设计结构、保温理念，采用新型保温防潮材料，采用自动循环蓄水系统，采用新型棚形。该棚形的创立与应用，将改变我国北方地区传统的保温结构，改变中国大棚材料造价高、施工难、土地破坏严重难以恢复的现状。该温室最大的特点是全部采用组装式钢管桁架，没有墙体。采用自动循环蓄水系统，冬季在水带中注入水，白天太阳照射时吸热，晚上散热增加温室内温度；在设计上，保温棉被采用内置保温方案，在外保温被放置技术上增加了空气保温层；保温墙体采用多层空气密封方案，20cm厚的保温墙体相当于50cm的砖混结构的墙体，保温效果好；整体空间大，无立柱。温室建好了，冬天再不用担心升降棉毡的事情了，同时由于里面的弧度好，雪会很快滑下，再也不用担心下雪天积雪，更不用在夜间起床清理积雪了。农人长长地舒了一口气，心想：只等着自然去检验吧。

2020年整个冬季似乎没有特别大的雪，2021年1月份，也是整个冬季最冷的时候，农人很期待，期待看看这个新型温室的效果，看看它能否经受住大风大雪的考验。第一波考验没让农人等待太久，在2021年的钟声敲响没几天，天气预报就把农人吓了一跳，几年不遇的寒冷天气来了，并且还是极寒天气。预报显示：1月6日，夜间最低温度零下

14℃,农人知道,靠近黄河边的偏远郊区往往比市区要低3℃左右。对于这样的极端温度,最担心的是农人,最无法入睡的也是农人,那一夜估计有好多农人彻夜无眠。农人提前采取了保温措施,尤其是对于冬春季人人喜爱的草莓,更是在原有三层膜的基础上,又盖了一层无纺布,想想又觉得不可靠,深夜12点左右来到农场看看温度,已经到了零下14.5℃,棚间温度接近0℃,农人赶忙点上竹炭增温棒增加棚内温度,希望花蕾不要被冻坏。后到日光温室里看了一下,10个温室温度基本维持在8℃,基本是可以放心的。前前后后忙碌了近两个多小时,回到宿舍,稍稍躺了一会儿就又起来了。早上天微微明的时候,农人又一次来到田间,这种天气,农人实在是放心不下,此时田间的温度计已经显示为零下17.5℃,刷新了近几年的极限最低温度。农人悬着的心又紧张起来,赶快跑到草莓棚看看心爱的草莓,这是凝聚了很多心血的非常受欢迎的产品,且刚刚采收。走进棚内一看,农人还是有些傻眼,虽然有4层保温(加无妨布),并点燃了增温棒,可是部分花蕾依然发黑,显然是无法承受这极寒天气。再来到日光温室,里面有番茄、黄瓜、西葫芦,日光温室温度显示最低3℃,等于整整比外面高20.5℃,没有低于0℃,作物基本没事。农人放心了,面对第一个严峻的极限低温考验,没有围墙的日光温室保温效果基本是可以的。

二三月间的一天,农场迎来了一场"桃花雪",漫天飞舞的雪花在稍显空旷的田园里飘落,棚间、地里到处都是,日光温室上也有一些。时令已快到惊蛰,地温已经回升,所以这个时候的雪没能对温室产生多大影响。经受了冬季大风、严寒考验的大跨度内保温自动储热日光温室,在四季里矗立,等待着新一轮严寒大雪的考验。

"没有墙体的大跨度温室,保温效果很好!"之后,对进入农场的客人农人都会自豪地宣传,并且还会带着客人进去看看。这里,有几个要点要讲一下:首先,同普通温室一样,这种没有墙体的大跨度温室建造的时候一定要选择坐北朝南,这样更利于吸收太阳光照;其次,温室是利用水储热散热进行保温,因此薄膜要及时更换,水也要及时更换,建议一年更换一次,且水带上面的灰土要及时擦洗干净。

农人感言:没有墙体的大跨度温室,保温效果很好!

昆虫记

>那儿是我喜欢的地方
>不算太大，是我的"钟情宝地"
>一圈儿围墙把这块地与公路上的熙来攘往
>喧闹沸腾隔绝开来
>虽说是偏僻荒芜的不毛之地，无人问津
>又遭日头的暴晒
>却是刺茎菊科植物和膜翅目昆虫所喜爱的地方
>
>——让·亨利·法布尔

提起昆虫，很多人第一印象便是毛茸茸的小毛虫，翩翩起舞的蝴蝶，憨憨的有些可爱，尤其是蝴蝶，飞来飞去，加上色彩鲜艳非常讨人欢喜。农人也曾有如此印象。可又不能如此想，因为理智告诉农人，这些浑圆的毛虫，美丽可爱的蝴蝶，尤其是在菜叶上飞舞的粉色的蝴蝶，实际上是在产卵，待过一周或十天后，繁殖下一代，就会危害有机蔬果，毛虫也是。事实上，这些可爱的动物，都是昆虫。昆虫很多，包括常见的小毛虫、蝗虫、蚊子、苍蝇、蟑螂、蝴蝶、蜻蜓、蜜蜂、蚱蜢等，总之天上飞的，地里钻的，花朵中的，白天飞的，夜间飞的，很多很多。到目前为止，已经知道的有100多万种，还有许多种类尚待发现，是地球上数量最多的动物群体,它们的踪迹几乎遍布世界的每一个角落。

什么是昆虫？昆虫有什么特点？有哪些具体分类？农业上常见的益虫有哪些？对生产有什么帮助呢？且听农人一一道来。

昆虫是无脊椎动物节肢动物门昆虫纲动物的总称,是这个世界上既渺小又庞大的家族。昆虫的身体分为头、胸、腹三部分。成虫通常有2对翅和6条腿,翅和足都位于胸部,身体由一系列体节构成,进一步集合成3个体段(头、胸、腹)。一对触角头上生,骨骼包在体外部。一生形态多变化,遍布全球旺家族。昆虫是节肢动物中种类最多的一种。

它们是"鲜花使者",有2/3的有花植物花粉都需要靠它们来传播,常见的就是蜜蜂、蝴蝶类;它们也是大量废物的"终结者",掉落的树叶需要昆虫来分解转化成肥料,比如土壤里的蚂蚁等。

它们还是特殊粮食的"生产者",我们日常爱吃的蜂蜜就是勤劳的小蜜蜂们用花蜜生产的;它们还是病毒的"制造者",有一些疾病是通过昆虫的叮咬传染的,如疟疾、登革热等。

昆虫的分类主要有：

鞘翅目。这是昆虫纲中的第一大目,通称"甲虫"。种类有35万种,占昆虫总数的40%,在中国约有1.32万种。它们的前翅呈角质化,坚硬,无翅脉,称为"鞘翅",因此而得名。外骨骼发达,身体坚硬,此类昆虫的适应性很强。

鳞翅目。这是昆虫纲中仅次于鞘翅目的第二大目,因身体和翅膀上有大量鳞片而得名。主要分蛾类和蝶类,共同识别特征是虹吸式口器,成虫一般取食花蜜、水等物,无危害(除少数外,如吸果夜蛾类危害近成熟的果实)。幼虫绝大多数陆生,植食性,危害各种植物,少数水生。

双翅目。包括蚊、蠓、蚋、虻、蝇等，是昆虫纲中较大的目。由于成虫前翅为膜质，后翅退化成"平衡棒"而得名。双翅目分为长角、短角和环裂三个亚目。长角亚目的触角在6节以上，包括蚊、蠓、蚋，是比较低等的类群。短角亚目触角在5节以下，一般为3节，通称"虻"。环裂亚目就是我们通称的"蝇"。

膜翅目。包括各种蚁类、蜂类。膜翅目昆虫特征明显，包括嚼吸式口器，前后翅连接靠翅钩完成等。本类群分布很广，分为广腰亚目和细腰亚目。广腰亚目是低等植食性类群，包括叶蜂、树蜂、茎蜂等类群。细腰亚目包括了膜翅目的大部分种类，如蚁、黄蜂和各种寄生蜂等。

半翅目。由异翅亚目和同翅亚目两个亚目所组成，有133科，超过6万种。异翅亚目即椿象，是昆虫纲中的主要类群之一，属不完全变态昆虫。同翅亚目包括蝉、蚜虫等。

直翅目。是一类较常见的昆虫，包括螽斯、蟋蟀、蝼蛄、蝗虫等，全世界约有30000种，分布很广。该类群为不完全变态，若虫和成虫多以植物为食，对农、林、经济作物都有危害，少数种类为杂食性或肉食性。直翅目是较原始的昆虫类群，起源于原直翅目，其中很多种类由于鸣叫或争斗的习性，成为传统的观赏昆虫，比如斗蟋和螽斯。

广翅目。这是一个较小的类群，仅有泥蛉科和齿蛉科两科。世界范围分布，约有500种，中国已知有120多种，常见种类有古北泥蛉、东方巨齿蛉、中华斑鱼蛉等。

蜻蜓目。在昆虫纲中是比较原始的类群，也是较小的一个目。全世界约有6500种，中国有400多种。主要是蜻蜓，身体粗壮，休息时翅膀平展于身体两侧；螅身体细长，休息时翅膀束置于背上。蜻蜓目属不完全变态昆虫，成虫也为肉食性种类，捕食小型昆虫，飞行迅速，性情凶猛。

益虫，广义上只要是对人类有益的昆虫，都可以称为益虫。农人在生产中了解昆虫的特点，通常一边用于防治有害昆虫对果蔬的危害，一边利用有益昆虫促进农业生产的各个方面，包括通过蜜蜂授粉增加草莓、番茄的良品率，通过瓢虫、草蛉的饲养释放防治蚜虫等。

蜜蜂，膜翅目，蜜蜂科。蜜蜂过群居生活，蜜蜂群体中有蜂王、工蜂和雄蜂三种类型。蜜蜂是对人类有益的昆虫类群之一，蜜蜂为取得食物不停地工作，白天采蜜，晚上酿蜜，同时替果树完成授粉任务，是农作物授粉的重要媒介。它为农作物、果树、蔬菜、牧草、油茶作物和中药植物传粉后，产量可增加几倍至二十倍。通常在秋冬季，农人为了提高草莓、番茄等自花授粉作物的授果率以及改善果形，会在每个棚内放置一两箱蜜蜂。让勤劳的小蜜蜂辅助授粉，就是充分利用了蜜蜂采花传粉的益虫特性，提升了草莓品质。

另外，蜂蜜是人们常用的滋补品，有"老年人的牛奶"的美称，在农人的老家，经常有人养蜜蜂，让其采集各类野生花蜜，俗称"百花蜜"，营养非常高，不但可增强体质，延长寿命，还可治疗神经衰弱、贫血等慢性病。

瓢虫是一种受人们喜爱的小甲虫，它有光滑和坚硬的翅鞘，身体和翅膀五颜六色，上面点缀着美丽的斑点花纹。瓢虫身上的斑点数目是区分不同种类的标志。常见的有七星、十三星、二十二星和大红瓢虫。它们无论是幼虫还是成虫，都以蚜虫和介壳虫为食，是人类的朋友、庄稼的医生。其中，七星瓢虫最为人们熟知，七星瓢虫是鞘翅目瓢虫科的捕食性天敌昆虫，成虫可捕食麦蚜、棉蚜、槐蚜、桃蚜、介壳虫、壁虱等害虫，可大大减轻树木、瓜果及各种农作物遭受害虫的损害。在有机生产中，蚜虫是农人最头疼的一个虫害，有了七星瓢虫，基本上解决了这个问题。

草蛉，属于脉翅目草蛉科，有些草蛉科的生物一生只吃掉大约150只蚜虫，另一些一周就可以吃掉100只蚜虫，因此，在一些国家，养育了几百万只这样的昆虫用于农业和园艺上的生物害虫防治。同瓢虫一样，草蛉也是蚜虫的天敌益虫，所以农人对于害虫的防治又多了一个保障。

蜻蜓，属于昆虫纲蜻蜓目，它有两对透明的翅膀，一双大大的眼睛，而且是网状的。成虫一般在池塘或河边飞行捕食飞虫，能大量捕食蚊、蝇等对人有害的昆虫。蜻蜓是捕水蚊子的高手，有时候，它在水上点一下，你知道它在干什么吗？它是在捕水蚊子呢！它一天可以吃100只水蚊子。随着农场生态环境不断变好，不用农药，不用化肥，蜻蜓越来越多。

总之，世界上的昆虫很多，有益的昆虫还有很多，比如蚕，比如赤眼蜂，比如土元，比如螳螂，比如……农人想说，一切在于好的环境，生态好了，生态链恢复了，一切便好了。比如这夜里远远近近高高低低交相呼应的蛙鸣。是的，农人想起了青蛙，其实青蛙更是益虫，虽然不属于昆虫，但它更是农人的朋友，它和农人一起守护着有机产品的安全。

农人感言：生态好了，生态链恢复了，一切便好了。

在农场看露天电影

电影18点准时放映,小孩子坐在凉席上,大人们多坐在农人在村子里找的老板凳上,《菊次郎的夏天》缓缓拉开帷幕,日本的田园风光一路走来,有茶园、山脉、玉米地、大海、星空……

夏日的傍晚,白日的酷热已经慢慢消退,黄河岸堤边挺拔茂盛的白杨树吹着微微清凉的风,吹拂着躁动的心。农场的夏夜,本该静谧。农场的夏夜,又开始躁动且充满温情。农场的夏夜,充满着欢乐与回忆。因一场电影,在夏日的夜,在露天的农场,在七月。

决定露天放电影是在六月份,在组织端午节活动的那天。来到农场参加活动的有近30组业主,大家一起淘米、包粽子,然后到田间体验捡鸡蛋、摘西瓜、采水果玉米、采番茄等活动,针对小朋友还有插秧体验、浑水摸鱼等活动,等下到田间踩到松软的土壤时,大人、小孩的开心、幸福之情是能够传递的,农人也很开心。只是,快乐的时光往往很短暂,很多业主意犹未尽,在临走的时候纷纷提出,小孩子马上放暑假了,能不能有其他节目,比如放露天电影。电影院里也可以看,可大家还是向往露天的感觉。对,露天电影,客户的需求一下子点燃了农人的构思,点点星光下,朋友们聚在一起,看着电影,该是多么温馨呀。

有了念头,农人立即行动,并想到了小时候看电影的感觉。那个时候有电视机的很少,常常放一场电影,全村人围在一起看。电影还没有放的时候,人们就兴奋得像过年一样,早早催着做饭,早早搬着板凳过去,占好的位置。也有人掂着凉席,往地上一铺,一家子或几家人在上面坐着,自由自在。夏天最是舒服,大人拿着把扇子,来来回回扇着凉风,或扇着蚊虫。如果早的话,有卖冰棍的,或是卖西瓜的,看电影人多,总有人买,这也是难得的商机。距离近的人家更好,端着饭碗,一边吃,一边看,香喷喷的惹人羡慕。天上月亮皎洁,星星闪烁,电影剧情跌宕起伏,人们欢乐兴奋。大人们不知疲倦,通常电影放过,都是趁着月色慢慢走,边走边谈论电影情节,小时候农村还没有车,可一点也不觉得累。要是冬天,几家人会端着火盆坐在一起,大人们一边看着一边唠着家常一边讨论着电影剧情,小孩坐在母亲怀里或者腿上,舒服极了。回去的时候,不想走了,困了,就会伏在父亲的肩膀上,慢慢沉睡。露天电影,留在记忆里的,永远是关于家乡,关于儿时,关于板凳、冰棍、西瓜、凉席、扇子,还有那满天星星,以及母亲温暖的怀抱和父亲结实的肩膀。

7月10日下午4点多的时候,第一场露天电影开始预热,家人们陆续入场,农人为每一户进园的家人准备了一个手提礼袋,里面有防蚊贴、蒲扇、电影说明、一盒新鲜采摘的樱桃番茄,还有一份下午崩的爆米花。时代变迁,为了烘托气氛,农人在入口处靠近放映区的地方悬挂了气球、风车,农场自产的大西瓜增加了鲜榨果汁服务,更加诱人,以及一直有的老式爆米花,还有老冰棍,当然还有茅草屋,热闹而亲切,一切似乎又回到了小时候。为了让家人们安心看电影,用餐提前,可以吃烧烤,所有食材均是新鲜采摘的,有鱼,有肉,有食用菌、土豆、洋葱、辣椒、羊肉等，现烤现吃。也可以到农场里面走走转转，傍晚的农场，并不是特别热，坐着观光车，呼吸着田园里的新鲜空气，听青蛙鸣叫，看鸡飞猪跑，大家都很开心。

电影 18 点准时放映，小孩子坐在凉席上，大人们多坐在农人在村子里找的老板凳上，《菊次郎的夏天》缓缓拉开帷幕，日本的田园风光一路走来，有茶园、山脉、玉米地、大海、星空……夏夜的星空，一家人，妈妈摇着蒲扇，女儿依偎着妈妈，凉席上坐着小孩，偶有几人兴奋地端着一碗面条，香气四溢。边上鲜榨西瓜汁，随喝随榨，听蝈蝈蛐蛐欢叫，伴着蛙声此起彼伏，还有几声鸡鸣犬叫，一切温馨又自然，亲切又宁静。露天电影，看的不仅仅是电影，更多是关于陪伴，关于自然，关于童年。

露天电影，你有多久没看了呢？

农人感言：露天电影，看的不仅仅是电影，更多是关于陪伴，关于自然，关于童年。

植树节，种下希望树

在以蔬果种植为主的园区里，体验不仅仅限于种树，还有种菜等，而种树与种菜体验只能交叉进行，来的人太多了。

惊蛰过后，天气一天天暖和了起来，与暖和的天气一样，农人也是从早到晚忙个不停，整地、播种。3月12日，一年一度的植树节来临，而后的一个周末，农人知道，该做点什么了。作为资深农人，早早看过了天气预报，知道本周末天气晴朗，最高温将要攀升到20℃，适合外出踏青，刚好周日还是一个好日子——"龙抬头"，更适合出门看看天，抬头看看龙。

3月14日，龙抬头（二月二），又称"春耕节""农事节""春龙节"，是中国民间传统节日。人们庆祝"龙头节"，以示敬龙祈雨，让老天佑保丰收。

二月二日新雨晴，草芽菜甲一时生。

轻衫细马春年少，十字津头一字行。

白居易的这首诗写龙抬头这个节日的情景：惊蛰天春雨绵绵，草木一新。根据龙抬头的习俗，青年出来过节，进行一些传统活动。女子回娘家，在渡口拥挤着上船或下船。或者后两句写同一件事，就是男子来迎接或送回娘家的女子。古人都如此重视节气，农人又有什么理由不重视呢?

  趁着难得的好天气,以及植树的大好时节,还有油菜花正开放,农人与家人们来了一次亲密接触。在以蔬果种植为主的园区里,体验不仅仅限于种树,还有种菜等,而种树与种菜体验只能交叉进行,来的人太多了。为了让大家都能体验,农人临时决定一部分人先种树,然后种菜,同时另一部分人先种菜后种树,随后对调。

  农人事先将植树区域地块进行了平整,并购买了李子树苗,按照规划好的行距以及种植的株距做了标记,然后又做了简单的讲解,并希望大家种好后能记住自己种下的树苗,时常回来看看,直至树苗长大结果。大家纷纷拍手叫好,同意先做简单的标识后期再进行改进。然后真正的植树环节,农人给大家配备了铁锹、水管、树苗,家人们每家一组,有爸爸拿着铁锹冲锋挖坑的,有爸爸带着儿子一起挖坑的,总之要求树坑挖得足够大,深50cm,长宽各50cm。挖坑是第一步,也是最费力的一步,大家不一会儿就满头大汗了,"给爸爸递杯水吧,有点渴了。""哎呀,我要歇会儿。""爸爸,让我们帮您吧。"每个家庭都相互帮忙,也很热闹温馨。歇一歇,喝点水,继续挖,农人在旁边看着,及时运来有机肥,看到达到标准的家庭,每个树穴放一袋有机肥。之后开始栽树,栽树的环节多是全家一起动手,小朋友扶住树苗,扶正,大人在挖好的树穴里填土固定,到最后再一起踩实。浇水环节简单,农人通了水管,每一棵树苗浇足水就好,这当然是小朋友们乐此不疲的事情。最后,在树上一起认真地做上自己的标识,证明是自己牛年种下的果树。这是一棵希望树。

  另一边的种菜现场更是热闹非凡,区域选择在小菜园,因为是种菜体验,环节少不了撒施有机肥、翻地、土地平整、移栽、浇水等。农人给每一组家庭分了一小块空地。种菜活动在一片欢呼声中进行。"爸爸,这个有机肥有点臭臭的味道啊。""嗯,是有点味,可这才是真正的粪便味啊。""不对,看包装上,是经过发酵腐熟的,哦,是羊粪哦。""妈妈,这个肥要怎么撒施呢。""用铁锹啊。""嗯,好的。"不会可以学,这就是体验,不知道可以问,以前没见过的,通过亲身体验见到了,这就是体验的意义。不一会儿,家人们便累了,热了,脱下了衣服,菜地也渐渐成型。接下来是种小菜苗,每一棵小菜苗都是一棵鲜活的小生命,种下去怎样保证成活,然后如何促进菜苗长大,这都需要精心呵护,如同爸爸妈妈养育我们。小朋友们拿着小菜苗,在家人们的带领下,在农人的指导下,耐心地一棵棵栽下去,很小心,很认真,很投入。

　　紧张、开心的植树、种菜体验结束了,农人准备了自产的各类有机家宴。美味冲淡了劳作的疲累,美丽的田园风光更是让大家心旷神怡。大家在园区随心所欲地走着,看看遍地的金黄色的油菜花,还有地里纯野生的面条菜、荠荠菜等,有人干脆在草地上支起了帐篷,听鸡鸣鸭叫,看蓝天白云,陪家人朋友,尽享阳光下的春日自然田园之乐。休息之后,大家没有忘记上午的约定,对,就是互换体验,于是,阳光下,你拿锹,我拿苗,她拍照,或我拿锹,他拿苗,她逗乐,笑声在田园间荡漾,温暖洒在每一块土地上。

　　农人感言:种下一棵希望树,收获一片田园情。

脚踩泥土 手插秧苗

脚踩泥土是一种享受,水都是清洁的,看起来比较浑浊是因为人下去后来回走动造成的。与淤泥接触的感觉非常奇妙,充分与土地接触能够真正吸收土地的灵气。

随着麦浪日渐金黄,麦香四溢,田野如诗如画,整个农场金黄与碧绿交相辉映,伸手碰触,心头溢满丰收的喜悦,好一幅充满希望的田园画卷。5月播种的稻苗生长正好,高有 20cm 的样子,实测还要高一些,刚好到了能够下田插秧的标准。稻田已经平整得如同一面镜子,经过几天的太阳照晒,水温温的,一切都好了。

端午节的前三天,农人向家人们发出了插秧体验邀请,当然还有包粽子活动。插秧在南方很常见,无论大人还是小孩,基本上都晓得。农人知道,在北方,习惯了小麦、玉米的大多数人其实并不知道什么叫插秧,或者说是陌生的。农人担心没有人报名,因为要下水,对于家长是个考验,对于小孩更是个挑战。农人在耐心答疑解惑的同时,对插秧的地块做了相当细致的检查。对于家人担心进入泥土会陷进去或是皮肤过敏等问题,农人说完全不用担心,脚踩泥土是一种享受,水都是清洁的,看起来比较浑浊是因为人下去后来回走动造成的。与淤泥接触的感觉非常奇妙，充分与土地接触能够真正吸收土地的灵气。就这样，一期体验插秧家庭报名了20组。

6月14日，端午节如期而至，农人早早准备了艾草、荷叶，将自己种植的糯米进行浸泡，等着家人们一起包粽子，还有就是今年新增加的插秧体验。

上午10点左右，家人们开始陆续到场，同往日一样先签到，四处看看，尤其是部分好久没来的家人，看到长到一人高的玉米已经要采收，看到将要收割的金色麦田，看到田间正在采收的西瓜，无不惊喜连连。农人将秧苗拔起一部分，放在一边待用。11点的时候，人员基本到齐，插秧体验正式开始，农人先下田，部分家长也跟着下田，好多小朋友看到水有点害怕，于是家长就鼓励：

"没事，下来试试就知道了。"

"看看爸爸就不用怕了。"

"下来，看，其实很好玩。"

爸爸拉着女儿，妈妈拉着儿子，一个个下到水田中。"耶，没事，挺好的。""哇，踩在上面软软的，好舒服。""妈妈，我也要下来。""原来，水里面不冷哦。""爸爸，这下面不刺脚。"就这样，小朋友们下水了，下田了，迈出了第一步。

"该怎么插秧啊？"经历了下田的喜悦，小朋友们便忍不住要插秧了，纷纷拿起秧苗跃跃欲试。"别急，容我把插秧的要点说一下。体验插秧重在体验，不要有心里压力，秧苗非常容易成活。插秧的要点是按照规划好的线行插，这样出来成行，另外每次插秧选3—5棵秧苗，要把秧苗插到泥土里，这样秧苗的根与泥土接触就能成活了。大家明白不？"

"明白——"

"要不要示范一下啊？"

不待农人说完，田里的劳动者已经开始插秧了。是啊，脚踩泥土的兴奋，手插秧苗的幸福，真的是从未有过的快乐！瞧他们插得多认真，腿上带着泥土，脸上淌着汗水，眼睛里满是认真，在田埂上观看的母亲眼里全是喜悦。

此情此景，让农人想起一首《插秧诗》来——

手把青秧插满田，低头便见水中天。

六根清净方为道，退步原来是向前。

是啊，虽说插秧体验只是插了其中一块田，可也体验了其中的每个过程，都是低着头，看到了水中的天空。农人知道这首《插秧诗》的意义远不至此，其实简单一些也是好的。在生长的过程中，保持根系正常成就最后的水稻，插秧多是退着进行的，所以叫退步原来是向前。由稻及人，生活中，凡事只要肯"低头"，肯"退一步"，就一定能渐渐悟出诸法的真相，所以诗中说"退步原来是向前"。

插秧持续了近40分钟，因要进行包粽子活动，在同事们的不断催促中匆匆结束，好多小朋友仍不愿意离开。午后，家人们自己拍的图片以及同事们的图片，部分已经发到朋友圈，引起好多朋友询问，是否还可以体验插秧。其实中午吃粽子的时候，农人也在思考，并且查了一下日历，结合秧苗的情况，决定再延续一周。

6月份的第三周,父亲节,以父为名,继续陪伴的日子。是的,想想,如果你是父亲,带着儿子,如果你是儿子,带着父亲,体验一下亲手栽植的快乐,顺道一起参与盲打西瓜,该是多么惬意的事情啊。

农人感言:退步原来是向前。

挖呀挖呀挖红薯

地足够大,广阔地块任你开挖,一时间,田野成了大家自由发挥的地方。有用铲的,有用铁锹的,也有的干脆直接上手拔,"哇,好大一个红薯!"

"即使是小的红薯,可也是我的劳动成果啊。"一个三岁左右的小男孩用一句最普通的话,道出了多数孩子体验采摘最真实的感受。是的,对于孩子,探索的过程,发现新奇的事物,以及在这个过程当中取得收获,才是最主要的。

金秋十月是收获的季节,春季播种的花生、萝卜、水稻都可进行收获,并能体验采摘。于是从十一小长假开始,各种拔萝卜、挖花生等,家人们玩得不亦乐乎,农人忙得不亦乐乎。尤其令农人没想到的是,种植的3亩花生,竟然在十一假期的前三天被涌进园区的家人们一抢而光。农人傻眼了,后期咋正常采收出货呀!进入10月中下旬以来,农场种植的红薯陆续开始采收。结合需求,农人选择了4个品种,分别是营养比较高具有保健功能的紫薯、本地的适合煮饭的白薯、适合烧烤的西瓜红红薯,以及适合蒸煮有香糯味的板栗红薯。要说最受欢迎的采摘品种,非西瓜红莫属,粉粉的红瓤,不是很厚的外皮,加上好听的名字,乍听上去就让人浮想联翩。

10月17日,周六,秋高气爽,阳光明媚,适合秋游,当然也适合采摘。农场里同前几个周末一样,到了11点的时候,已经是车辆满满。对于难得休息的家人们来说,尤其是遇到这么好的天气,睡个自然醒,然后来到农场采摘蔬菜,让身心回归自然已经成为一种习惯,而先到食堂吃上一顿地道的自产有机菜,再到园区劳动基本成了多数人的放松规律。农人则是忙着进行引导、招呼、服务、讲解、接待。为了让家人们更好地体验,农人也是想尽办法返璞归真。瞧,现炸爆米花用自己种的爆裂型玉米,还架上了小时候的老式爆米花机,旋转的机器随着火苗转动,只听"嘭"的一声响,香喷喷、白花花的爆米花便脱袋而出;农人自制的烤红薯机里,新鲜出土的西瓜红红薯一个个齐整整地摆着,阵阵香味扑面而来……

红薯采摘体验下午两点半开始,农人早早准备好了小铁锹、小锄头、小篮子以及袋子等,吃饱了的家人三五成群地来到红薯地边,一拿到工具就纷纷下地。尽管人多,可是地足够大,广阔地块任你随意开挖,一时间,田野成了大家自由发挥的地方。有用铲的,有用铁锹的,也有的干脆直接上手拔,"哇,好大一个红薯!""妈妈,看,我拔出一个!""对,就这样慢慢来,不要急……"欢笑声、细语声、叮嘱声、惊叫声,各种兴奋交织在一起,甚是热闹。不一会儿工夫,便有不少小朋友叫喊着累了,不过想到下面有红薯,或看到旁边的小朋友已经挖出红薯,还是擦擦汗,继续干。是啊,劳动怎么能不累呢?"锄禾日当午,汗滴禾下土。谁知盘中餐,粒粒皆辛苦。"这首小学就学的古诗早已告诉人们农事是辛苦的,只是多数人体会不到罢了,而通过简单的劳作体验就能感受,也算是最生动的教育了。

根据体验原则,采摘的红薯最终是要称重按照既定价格带走的,不合格的比如特别小的可以留下,农人会用来喂食小猪。可是体会到了劳动的辛苦,又是自己的劳动成果,正如本文开头所提的那位小宝宝一样,不论大小只要是自己挖的大家基本都带走了。由此可知,每个人的劳动成果都应该被尊重。

体验计划原本为一个小时左右,然后可以去喂喂小羊,看看小萌兔,这些本身也是每一个孩子的最爱,包括散养在林下的柴鸡,以及林下捡鸡蛋。散落在地上的鸡蛋,带着柴鸡的体温,捡起的那一刻一定是无比兴奋的。不过,挖红薯与其他似乎也不矛盾,一波一波,往往是前一波高峰刚过,到了养殖互动体验,后一波又来到,又开始进行挖红薯体验,计划赶不上需求。

夕阳已缓缓落下,一道余晖斜照着田野。人们在这一片乐园快乐地劳动着,他们在挖红薯,在烤红薯,在享受田园牧歌生活。

农人感言:每个人的劳动成果都应该被尊重。

这么小的菜苗也能嫁接

得知有抗病毒病的番茄嫁接砧木，农人马上购回播种，之后又种了番茄苗，待到砧木与番茄苗基本达到嫁接标准后，按照流程，进行番茄苗嫁接。嫁接后，遮阳，保湿，促成活，种植，果然病毒病得到有效预防。

嫁接，是植物的人工繁殖方法之一，即把一株植物的枝或芽，嫁接到另一株植物的茎或根上，使接在一起的两个部分长成一个完整的植株。在农业生产中，尤其是果树生产上，嫁接技术经常应用，近几年，随着科技进步，蔬菜嫁接技术应用也越来越广泛，目前多用于黄瓜，明显提高了抗病、耐低温能力，提高了产量。

秋季种植番茄，因为前期高温非常容易发生花叶病毒病，而在有机生产中，花叶病毒病是番茄最难防治的病害甚至是灾难性的病害，因此也是农人种植秋季番茄最担心的事情。直到农人得知有抗病毒病的番茄嫁接砧木，马上购回播种，之后又种了番茄苗，待到砧木与番茄苗基本达到嫁接标准后，按照流程，进行番茄苗嫁接。嫁接后，遮阳，保湿，促成活，种植，果然病毒病得到有效预防，困扰多年的难题一下子解决，农人心头豁然开朗。也因此，春季的时候，农人一如既往，按传统播种，尽可能保持品种最原始的味道，黄瓜也是一样。嫁接法尤其是黄瓜用黑籽南瓜作为母本提高产量、抗性的同时，农人也注意到黄瓜原有的味道降低了一些,所以尽量不用嫁接。秋季的时候,如果温度、湿度上感觉可以控制,农人多选择穴盘播种、栽培,然后遮阳降温,保持传统种植,这样以保持本品种原有的性状、口感。不过好的是,番茄嫁接用的是番茄母本,所以性状、口感影响不大。

10月份,又到了学校组织秋季旅游实践的高峰,农人陆续接到了多个学校的预约电话,有幼儿园、小学、初中,是的,对于各个阶段的学生来说,有有趣的农耕体验,有基本的农业科普,有各种好玩可爱的动物,有简单又实用的游乐设施,还有即采即食的新鲜果蔬,又有谁会不喜欢呢?园区一下子又热闹了起来。对于一般的路线,科普、采摘,还有与动物互动这些熟悉的也是小朋友特别喜爱的活动,老师、家长也接受,包括自产的有机餐。而想到初中生,农人灵机一动,是否可以增加科普或者参与,哪怕是围观一下嫁接技术,也算一种教育,或许后期能增强部分同学对农业的兴趣呢。于是将想法同老师交流了一下,老师也觉得挺好,并表示从来没听说过番茄嫁接,同学、家长都很感兴趣,非常期待。

10月20日上午10:40,市一中180名学生浩浩荡荡准时到达园区,按老师要求有序排队,然后在农人的带领下先到园区参观,听技术员讲解农业科普知识,认识一些蔬果,并与各类动物互动,感受动物的可爱,近距离接触大地,回归自然。

嫁接围观选择在午餐后2点开始,由于人多,与老师及学生商量后,选择了部分代表进行围观,一共55人进入棚内。农人首先讲了嫁接的意义,接着拿番茄砧木边示范边讲解:番茄砧木是抗病毒病的,砧木要提前7—10天播种,这样比番茄苗稍大一些,茎秆稍粗一些,便于嫁接；然后取嫁接刀片消毒，将砧木上部削除，保留7—8cm，并从中间横切；第三步将番茄苗取来，根部去除，保留三叶或两叶一心，茎秆两面斜削保留斜面长1—2cm；第四步将番茄苗直插入砧木里，要对齐，然后上嫁接夹。整个过程很快，同学们看得听得都很入神，结束的时候回过神来，问题不断："啊，这么小的番茄，也能嫁接啊？""这也太神奇了吧？""这就好了，这能活吗？"……

"是的，过程是这样的，看起来简单，你们可以过来操作体验一下。有没有愿意的啊？"

同学们一阵沉默，面面相觑，也许是觉得简单，也许是不好意思，好大一会儿，没人愿意体验，农人又问了一遍，终于有4名男同学愿意尝试，农人鼓励他们：就是要敢于尝试。第一步砧木削平相对简单，削得高一点、低一点影响也不是很大，然后是将番茄苗削好，保留三叶或二叶一心，这个是关键，有的同学力气控制不好，一下子把番茄削断了，也有的插不进去，把砧木插坏了，农人说要慢慢来，把握好力度。还有同学把手削出血了，农人马上通知农场工作人员送来创可贴。围观的同学们那一刻安静了许多，原来看起来简单的事情，做起来并不容易啊。"是的，嫁接其实是一个技术活，并且我们刚才的几个步骤只是很简单的步骤，真正影响嫁接的是后面的管理。嫁接之后，必须精心管理，尤其是高温时节，如何保持湿度？刚才去掉番茄苗的那么多叶子，也是为了减少蒸腾作用，减少水分消耗。嫁接后通风管理也很关键，前三天不能通风，但又是高温，所以如何降温，如何遮阳，这都是要考虑的问题，也是必须面对的问题，只有温度、湿度、通风问题解决了，番茄嫁接苗才能确保成活……"还没讲完，同学们就热烈鼓掌，且迫不及待地问农人有什么办法降温。"可以带你们看看,比如遮阳网降温、前三天搭拱棚,还有雾化喷雾降温都可以的。"农人说。

说看就看。在简易的育苗棚,同学们看到了夏季各类小苗,也看到了嫁接番茄苗,同样看到了遮阳设施,还有为了降温将棚膜换成的防虫网、整个雾化系统等。农人还告诉同学们,因园区以种植为主,所以育苗设施不是很专业。往回走的路上,不知是谁说了一句:"老师,以后我们还想来。""对,我们还想经常来。"马上有同学附和。"可以啊,随时欢迎你们来。"就这样,一群开心的学生带着满心期待与大伙会合。通过一次实际操作,孩子们对农业不仅有了认识,还有了兴趣,农人从心底感到高兴。

农人一直相信实践是最好的老师,大自然是最好的实践课堂。

农人感言:大自然是最好的实践课堂。

我在城市有块田

对于长期生活在城市的人尤其是有乡村情结的城市人来说,谁不希望有块自留地,谁不希望带上家人在自家地里浇水种菜,谁的心里没有一个田园梦呢?

一千六百多年前,傍晚时分。

"吱呀"一声,劳作了一天的陶渊明,提着酒壶推开门回来了。围篱边上,长满了秋日的百日菊。夕阳正缓缓落下,仍有一束光,洒向篱内蔬果,洒向田野草木,洒向山川河流,如一场未醒的梦……

"采菊东篱下,悠然见南山。"一句诗,从他的心中慢慢流淌至笔尖。

那句诗就像一粒种子,种在了人们的心中,长成所有中国人共同的梦境。这梦里,田园从不荒芜,有花有草,有围篱,风吹麦浪,有阳光。我们与家人一起种菜,享受天伦之乐;与友人畅谈人生,共赏四季与自然。田园,也就成了国人一个永远的梦。"归去来兮,田园将芜胡不归?"几时归去,做个闲人!

私家菜园,让很多人能实现与家人一起种菜、与友人畅谈人生的生活,有围篱,可体验,又能吃上安心蔬果,无论有没有农业种植经验,都可以做农夫,真真正正过一把田园生活,一句话,让国人的田园梦想不再是梦想。

私家菜园，也就是让没有土地所有权的城市居民承租地块，直接参与农业植栽，亲身体验农业劳动过程。园区或农场经营者把菜园按照约定好的区域划分为若干小块，分别租给不同的市民，园区负责技术指导，并提供种子种苗、肥料等基本农资设施，供他们进行耕作体验，满足其农耕体验及蔬果消费，是一种新型的农业功能产品。

　　直到现在，农人仍然清晰地记得2020年10月2日，农场的第一号私家菜园被认领，第一个"地主"为其地块取名的激动场景。他是个孝子，买地纯粹为了母亲，当然地主的母亲也在现场，一方面觉得儿子浪费，一方面又幸福满满，说是以后要经常过来看看，到自己的菜地种种菜浇浇水，就知足了。果然，后来经常看到一号"地主"带着母亲，带着家人，带着朋友来到农场，来到菜地，对朋友说：看，这是我的菜地，想吃什么，就种什么，平时有人帮忙打理，每个礼拜还能送菜到家……满满的自豪写在脸上，其实母亲开心，家人在一起，这是最主要的。

　　带着家人，参与农业种植，亲身体验劳动过程带来的乐趣，回归自然，享受城市中的田园梦，同时吃上自己喜爱的真正放心的自然的有机蔬果。这是农人设立私家菜园的初衷。也正是因为此，私家菜园刚刚推出来，就受到了市民、家人们的热烈欢迎，是啊，对于长期生活在城市的人尤其是有乡村情结的城市人来说，谁不希望有块自留地，谁不希望带上家人在自家地里浇水种菜，谁的心里没有一个田园梦呢？

　　农人的私家菜园第一期推出100块地，每块占地30平方米，推出不到两个月，就被家人们认领一空。作为一个体验产品，农人针对客户的不同需求选择不同的类型，并进行不同的服务，只为让每一个"地主"真正拥有自留地，成为主人。

首先，每块地按照统一格式设计成标准大小，并搭建围栏进行隔离，便于每一家独立区分。为了让"地主"管理方便，每一块地配备了全自动喷灌设施。远远看上去规范统一、大小一致的地块，旁边围着小小的围栏，围栏边有喷水管，顶头是自动喷头，主要用于蔬果喷水。中间有开关，过往行人可以打开洗手、洗菜，中间是一道道砖铺路，很多"地主"感叹：与想象中的一样，像极了农村的菜园子。

其次，也是为了显示"地主"的特殊地位，在每一个"地主"认领地块的第一时间，农人准备了隆重的地名确定仪式，由"地主"亲自在地牌上写上或画上名字，并全程拍照留念。也可以由小孩来画，农人记得很多地块都是由小宝宝自己动手画的名字，一个上午或下午，整个过程一丝不苟，全家开心、幸福。丽丽田园、姐妹菜园、咱家菜园、淘气畅菜园、萌田私家菜园、铁钉菜园、Toy 和 Joanna 秘密花园、无名氏……一个个不同的名字代表着一个个"地主"不同的心意，也凝聚了"地主"全家的心愿。在地块牌号及名字完成的那一刻，农人也很开心，更感责任重大。

再次，"地主"的私家自留地最大的特点是私家属性。私家属性分为两点，第一，按自己的喜好种植，即每个"地主"结合家人喜欢，什么季节种什么菜由"地主"自己定。操作流程基本由技术员提前一周或半月将当季可种植品种告知"地主"，"地主"根据喜好进行选择，然后农人帮忙播种或"地主"抽时间过来播种。比如有的"地主"喜欢吃西红柿，不吃辣椒，与管家商量，就直接安排，非常容易操作；还有一个"地主"特别爱吃草莓，说种一块草莓，还要自己种，然后在10月份带上儿子体验了一次，后期自己盖地膜，看着草莓长大，自己采摘。第二，按自己的时间选择管理方式。私家菜园设置了不同的托管方式，一种是全托管，即

"地主"完全没有时间,只是偶尔过来体验,但基本不参与耕种,以消费健康蔬果为主的;一种是半托管方式,即时间较自由,可以带家人来农场进行农耕体验,喜欢田园生活,也喜欢安全食材的。两种托管方式也充分考虑了不同的需求及上班的需要,无论哪一种托管方式,只要是"地主"没有时间过来,农人都会帮助打理。

当"地主"最大的好处是可以随时随地带着家人,叫上朋友出入园区,来到菜地,高兴了浇浇水,拔草,种苗,重在体验;如果没有时间,给管家打声招呼,就有人帮忙打理,菜地不会荒废。菜园里收的菜,全归"地主"所有,夏季,蔬果生长旺盛,常常是前面还没吃完,后面又要采收,好多"地主"菜园的菜多得吃不完,就送给亲戚朋友。当然菜不用自己跑来取,农人可以安排直接送到小区。

每到周末、节假日,私家菜园里人声鼎沸,"地主"们一边劳作一边相互打着招呼,相处了大半年,也都熟悉了。熟悉的他们尽情地享受着私家菜园带来的快乐,当然少不了分享收获,用55号"地主"的话说:"至少到了这里,我家儿子不看电视了。"而40号"地主"说得更好:"种种地,能减肥,还交到了新朋友。"

农人感言:私家菜园,是一种新型的农业功能产品。

后　记

　　2020年春节伊始的疫情，改变了多数人的生活，农人也不例外。陪伴之余，慢下来，有了时间思考，也有了时间总结，也就在这段时间，农人萌生了写作的想法。然想法美好，现实残酷，首先是要工作，写写画画只能在空余时间，将零碎的时间一点一点挤出来。碎片化的时间里寻找碎片化的记忆，是一件很痛苦的事情。其次，也是最主要的是真正的写作，把自己的有机日常像散文一样整理出来是农人的第一次，从想到写，再到真正动笔，断断续续，到现在，已到了2022年。外面雪花飘飘，室内妻儿正一起看冬奥会开幕式，对的，今天立春，又一个轮回……感谢王丽芳老师，一次又一次的鼓励，并用经历告诉农人怎么样文风更好；感谢朱安妮老师，正是您的支持与鼓励，才让农人在迷茫中有不断写作的勇气。

　　每个人都有一个田园梦，幸运的是，农人似乎一直都沉浸其中，也是从开始起，就因为热爱。作为新时代的有机新农人，尽管需要忍受长期的孤独，以及种种的质疑，但当全身心投入并看到收获或者是产品受到大家认可，欣慰的同时再想想，一切都是值得的。

　　自2002年进入有机农场，一边快乐地工作，一边跟着不同的老师学习，深深地感到学无止境。中国农业文化从华夏文明诞生以来源远流长，博大精深，中国农业技术发展永无止境。农人永远记得同南京农业大学刘佑斌老师、黄丕生教授、李式军教授，上海交大金保忠教授，浙江农科院何圣米老师等一起工作的点点滴滴，并感谢各位老师对蔬果栽培、病虫害防治等日常管理的言传身教。

  在此，还要感谢一路走来陪伴我的每一个农场，永丰余、上海百欧欢、浙江义远、杭州太阳公社，还有亲爱的普罗稻草人农场。因为记忆的缘故，多数故事场景以稻草人农场为主，尤其是二十四节气中的时间跨度，主要记录了2018年到2021年的主要事件，均在稻草人农场。当然，更是因为农人对"稻草人"的感情太深。农人清晰记得2018年3月底，第一次到普罗中国，徐益明董事长语重心长地说："做农业一定要踏踏实实，说到一定做到。"这对农人的触动很大，也更加坚定了农人坚守有机的信心。2019年新基地投入生产前，徐董说："晓升，你好好规划，继续完成你的田园梦！"于是，农场门口"一家人牵手守护的稻草人"，便成了农场的标识。

  守护，意味着不但用心守护自然的味道，还要用爱守护家人，才会有有机的、新鲜的、安全的、自然的食材。生产食材离不开息息相关的二十四节气的农时经验，出现了各种农事故事和特别的日子，以及特殊的日子里难忘的记忆。在用爱守护自然的过程中，在与家人们的互动体验中，家人们的快乐传递总会感染着农人，让农人的心绪久久难以平静，如此循环往复，也就慢慢成就了农人的田园故事……

  感谢一切的遇见。谢谢普罗中国！

李晓升

2022年2月于郑州